바람의 무늬

박성숙 수필집

한국수필가협회

초판 발행 2016년 5월 16일
지은이 박성숙
펴낸이 한국수필가협회
펴낸곳 한국수필가협회 **북 디자인** Micky Ahn **교정 교열** 백이랑, 성건우

등록 2005년 3월 22일
등록번호 제 2011-000098호
주소 서울시 마포구 양화로 156 엘지팰리스 1906호
전화 02-532-8702~3 **팩스** 02-532-8705
전자우편 kessay1971@hanmail.net
공급처 코드미디어 T 02-6326-1402

ISBN 979-11-87221-03-6 03810

정가 12,000원

바람의 무늬

박성숙 수필집

한국수필가협회

PARK   SUNG   SOOK

답장을 씁니다

엄마 꽃이 막 꽃망울을 터뜨렸습니다. 앵두꽃 말입니다.

반가워 다가가려 하지만 눈물이 앞을 가립니다. 보고픈 엄마! 살아 계실 때 엄마가 늘 보냈던 편지의 답장, 단 한 번도 보내드리지 못했습니다. 그 답장을 지금에야 쓰고 있습니다. 엄마가 보고 계시다면 '못된 것, 이제야 보고 싶니?'라며 그 고운 눈을 살짝 흘기시겠지요. 하지만 이 딸은 늘 밤을 새워 편지를 쓰고 있었습니다. 모두 불쏘시개밖에 되지 못했지만 마음만은 늘 답장을 보내드렸습니다. 너무 글이 되지 않아 부끄러운 마음에 그랬었습니다.

그 죄송한 마음을 늘 간직하고 있었기에 엄마는 늦은 나이의 나에게 샛길을 걷게 한 것입니다. 그 샛길에서 돌부리에 걸리고 우거진 풀숲에 걸려 넘어지면서 일어나 또 걸었습니다. 힘들게 오를 때마다 허리를 내어주는 나무도 있었습니다. 그 나무가 있어 가파른 산길을 힘을 다해 올랐습니다. 그 샛길은 내게 큰 힘이 되었습니다.

3집을 펴내도록 도와준 문우께 감사한 마음입니다. 권남희 교수님께도 늘 감사하고 고맙습니다.

2016년 5월 박성숙

Contents

1부

가끔 기억해 주길

2부

봄바람에 실려 온 초대장

Contents

3부

화초를 가꾸듯

4부

위로하는 가족들

Contents

5부

그 길에 서 있다

바 람 의 　 무 늬

1부

가끔 기억해 주길

그렇게 능청을 떨면서 등 밀어달랄 때를 기다렸다. 고모의 속살은 유난히 보드라웠다. 등을 밀 때의 그 촉감은 지금도 내 손끝에 남아있는 듯하다.

화분 속의 속살

　　큰 화분이 쩍 소리를 내며 갈라졌다. 베란다 청소를 한다고 많은 화분을 이리저리 끌어 옮기다가 저질러진 일이다. 청소는커녕 일거리만 만들어 놓고 맥이 풀려 주저앉았다가 화분 속에 드러난 뽀얀 속살에 흠칫 놀란다.

　여지없이 드러낸 화분 속 속살이 여인의 웅크린 뒷모습이다. 목욕하는 여인의 속살을 훔쳐보다가 들킨 남정네의 마음이 이럴까? 설레는 마음으로 바라보는데 스쳐 가는 모습이 있다.

　어렸을 적 고모와 함께 목욕을 하던 때다. 벽촌이라 목욕탕이 따로 있는지조차 몰랐을 시절이다. 여름밤이면 앞 개울 버드나무 숲 밑에 숨어서 목욕을 하다가 날이 쌀랑해지면 우리 집 부엌으로 자리를 옮겼다. 가마솥에 물을 펄펄 끓여 놓고도 부엌이 훈훈하도록 장작 몇 개를 더 넣어 잔불을 남겨둔다.

　큰 자배기에 데운 물을 퍼 놓고 찬물로 온도를 맞춰놓으면 목욕물 준비는 끝난다. 어린 나부터 머리를 감기고 목욕을 시킨 다음 뜨거운 물을 다시 채워놓으면 고모의 차례가 된다. 나는 그때부터 할 일이 생긴다.

　젖은 머리를 말릴 사이도 없이 뛰어가 대문을 닫아걸고 들어왔다. 다시 앞뒤 부엌문을 단단히 잠근 다음 앞문을 지키며 고모가 목욕이 끝날 때까지 망을 봐야 했다. 언제나 고모는 내 쪽으로 등을 보이며 웅크린 모습이었다. 부엌은 한낮에도 문을 닫아걸면 빛이 들어오지 않아 어둑했다.

고모는 그렇게 어두워도 망을 잘 봐야 된다고 신신당부하며 목욕을 시작했다. 어둑한 속에서도 고모의 속살이 드러났다. 만져보고 싶을 만큼 뽀얀 속살이었다. 언제나 안보는 척 훔쳐보는 재미가 있었다. 그렇게 능청을 떨면서 등 밀어 달랄 때를 기다렸다. 고모의 속살은 유난히 보드라웠다. 등을 밀 때의 그 촉감은 지금도 내 손끝에 남아있는 듯하다.

오랜 세월 베란다의 화초를 가꾸면서 처음으로 보게 된 화분 속의 속살. 뿌리가 흙 속을 구불구불 파고 돌아 흙을 감싼 실뿌리 엉긴 모습이 그 옛날 목욕하는 고모의 뒷모습을 떠올려준 것이다. 그때나 지금이나 만져보고 싶은 충동이 일지만 감히 손을 댈 수조차 없는 신비스러운 모습이라 마음만 설레어온다.

요즘 내 마음이 이상하리만치 변하고 있다. 그 흔한 씀바귀 꽃도 그냥 지나치지 못할 만큼 설레고, 새로 올라오는 풀잎도 예사롭게 보이지 않아 그대로 지나칠 수가 없다. 시간 가는 줄 모르고 눈을 마주하고 있어도 점점 마음을 사로잡는 새싹들, 세상 모든 생명이 싱그럽고 아름다워 보인다.

풀포기 옆에 쭈그리고 앉아 바라보는 나를 지나는 이마다 되돌아와 무엇이 있느냐며 고개를 숙인다. 하지만 내 마음과는 아주 다른 감정들이다. "그까짓 흔하디흔한 씀바귀 꽃이 뭐 대단한 거라고." 별것 아니라는 듯 말끝을 흐리며 가버리는 사람들이 나는 이상하다. 그 생명들을 그대로 지나칠 수가 없어 다가가게 된다. 그 마음은 순간이라 제어할 틈을 주지 않는다.

이런 마음이 병이 아닌가 걱정을 하는 요즘인데 화분 속의 속살은 마음이 두근거릴 만큼 신비롭다. 이 많은 화분 속의 뽀얀 속살을 상상하며 행복에 젖는다. 고모의 뒷모습만큼이나 오랜 시간이 흘러도 내 머릿속에 남아있을 환상이 아닌가.

이 많은 화분 하나하나에 뽀얀 속살을 간직하고 있다는 게 생각만 해도 가슴

벅찬 일이다. 꽉 차 있는 속살을 짐작이나 할 수 있었던가. 하얀 실뿌리가 좁은 공간에서 자라다 화분을 뚫지 못해 꼬부라져 돌며 웅크린 모습일 줄은 짐작도 못 했다. 한편으론 가엾고 한편으론 신선한 모습이다.

　이렇듯 세상에는 내가 모르는 신비로움이 헤아릴 수 없이 숨어있으리란 생각에 마음이 한없이 설레어온다.

2015. 5.

고추잠자리 무주구천동에 날다

무주구천동 골짜기에 들어섰다. 공중에 반짝이며 날아다니는 것이 눈에 들어온다. 차창을 열고 그 물체를 살펴본다. 고추잠자리가 무리를 이루어 떠다니고 있는 모습이다. 벼 이삭이 누렇게 익어가는 가을 들녘에서나 볼 수 있던 고추잠자리가 이 여름에? 고개를 갸웃거리는 동안 목적지에 닿는다. 차에서 내리는데도 우리를 따라온 듯 고추잠자리는 여전히 날고 있다.

늘 피서를 왔던 곳인데 고추잠자리의 모습은 처음이다. 나는 너무 신기해 호들갑을 떨며 짐도 옮길 생각을 않고 고추잠자리에만 눈길이 가 있다. 남편은 우리 짐 빨리 나르고 형님 짐도 날라드려야 된다며 독촉이다. 하지만 나는 남편의 말을 듣는 둥 마는 둥 꼼짝도 않으니 그예 한마디 한다. 그까짓 잠자리가 이상할 것도 신기할 것도 없단다. 기온이 23~24도가 되면 산에서 살다가 지상으로 내려오는 곤충인데 별것 아닌 것에 호들갑이니 남세스럽다는 말이다.

잠자리의 생태를 듣고 보니 무주구천동이 그만큼 서늘하다는 말이 아닌가. 순간 시원함이 온몸으로 느껴졌다. 전국이 30도를 넘는다 했고 열기를 뿜어대는 오후다. 휴게소에 들를 때마다 숨이 막혀오던 더위는 물론, 지열도 올라오지 않는다. 역시 피서는 무주구천동이란 생각에 고추잠자리가 더욱 반갑다.

시댁 식구들과의 여름 피서지는 해마다 정선이나 무주구천동 계곡으로 정한 지 오래다. 더구나 밤에는 솜이불을 덮어야 할 만큼 서늘해 늘 두 곳 중 한쪽을 택한다. 하지만 고추잠자리가 내려올 정도로 시원하기는 이번이 처음이 아닌가.

구색을 맞추듯 모감주나무 노란 꽃이 원추형으로 피어 골짜기를 밝히고 있다. 무주구천동 골짜기에 가로수로 심은 이 나무는 다른 곳보다 훨씬 밝은 노란색 꽃을 피웠다. 고추잠자리까지 모감주나무 주변에서 날고 있으니 그 환상적인 어울림이 내 마음을 사로잡는다. 이번 여름에는 무주구천동의 자연 휴양림을 찾아보기로 마음다짐하며 왔다. 지난해도 똑같은 마음으로 왔었지만 들르지 못했다. 아름다운 숲 전국 대회에서 '어울림 상'을 수상할 정도로 숲이 아름다운 곳이라 소문이 나 있지만 한 번도 들르지 못해 늘 아쉬운 마음이었다.

무주구천동에는 유난히 가볼 곳이 많다. 덕유산의 정상, 양수 발전을 위해 만든 깊고 맑은 호수, 조선왕조실록 보관지인 안국사, 적상산 정상, 시원하기 그지없는 머루와인동굴, 칠연 폭포, 별자리를 관찰할 수 있는 반디랜드, 또 백련사를 다녀오다 보면 늘 일주일의 휴가 일정이 모자란다.

이번 여행은 열 일 제치고 일찍 자연 휴양림으로 향했다. 입구를 들어서니 매표소 안내원이 오르는 길을 친절히 일러준다. 호기심이 가득한 마음으로 휴양림 가는 길로 들어섰다. 입구에 키가 큰 자작나무가 우리를 안내하듯 줄을 서 있어 발걸음이 한결 가벼워진다. 경사도 심하지 않고 나무가 우거진 산 사이로 오솔길이 원만하게 이어져 있다. 산을 오르는데도 고추잠자리는 여기저기 떼를 지어 나는 것을 보니 그들을 닮는가? 발걸음이 더욱 가벼워진다. 조금 더 오르니 소나무과의 가문비나무숲이라는 푯말이 서 있다. 그곳부터는 나무 계단으로 되어있어 오르기가 더 편했다.

계단은 가문비나무를 관찰하도록 빙그르 돌아가며 놓여 있다. 한 그루 두 그루 살피며 천천히 걷는다. 나무가 하늘이 잘 보이지 않을 만큼 무성하게 자라있었다. 내 기분도 가문비나무 키만큼 날아오른다. 처음에는 전나무와 별 차이 없다 생각했으나 자세히 살펴보니 표피의 색이 더 선명하다. 또 초록 바늘잎의 뒷면이 구상나무와 흡사하고 바늘잎도 짧았다.

가문비나무숲은 1931년 일본 북해도 제국 대학에서 이곳을 외래 수종 조림지로 조성해 심었다고 했다. 기후와 토질이 적합하다 여겨 212그루를 심은 지 84년이 되었단다. 가문비나무의 원산지가 유럽이란 글을 보는 순간 어쩐지 어디서 봤다는 생각이 들었다.

딸이 교환 교수로 가 있던 오리건 주변 산의 나무들도 이 나무와 흡사했다. 어찌나 튼실하게 재목감으로 잘 컸던지 딸이 출근을 하고 나면 우리 내외는 그 나무들을 보기 위해 날마다 산에 올랐다. 그 탐스런 나무들은 남편과 내가 두 팔을 벌려 안아도 남을 만큼 굵게 자라 그 넓은 산에 꽉 들어차 있었다. 하지만 이 숲의 가문비나무는 아직 내 두 팔을 겨우 채울 만큼이다. 세월이 흐르면 재목감으로 훌륭한 나무가 될 터인데 수가 많지 않으니 부족하다는 생각에 마음이 허전할 뿐이다.

올여름 휴가도 일주일이 어느새 지나가 버렸다. 캄캄한 밤 골짜기에서 반딧불을 쫓으며 어린 시절을 회상했고, 하늘별 숙소에서 하늘 길을 열어 쏟아져 내리는 별을 보며 어렸을 적 고향의 하늘도 그려보았다. 더구나 무더위로 실종되었던 내 감성도 되찾고, 떼를 지어 날아다니는 고추잠자리를 보며 처져있던 마음도 추스르게 되었다.

2015. 8.

꽃무늬 보자기

　　서랍에 넘쳐나는 보자기를 보면서 고모를 떠올린다. 애지중지 손에서 놓지 않던 꽃무늬 보자기가 생각나서다. 흰 명주에 꽃을 그려 그 둘레를 홈질해 잡아당겨서 실로 챙챙 감아 진분홍 물을 들인 꽃무늬 보자기다.

　　그 보자기에는 고모가 받았던 편지와 일기장이 들어있었다. 학교를 들어간 고모가 보자기를 갖고 싶다고 했다. 엄마는 말이 없던 시누이가 처음으로 속마음을 말하니 너무 고마웠다. 하지만 장롱을 다 뒤져도 보자기를 만들 보드라운 천이 없었다. 엄마가 시집올 때 외할머니가 눈물을 훔치며 목에 둘렀던 것을 풀어 시집가는 딸의 목에 둘러주었던 흰 명주 목도리가 있을 뿐이었다. 외할머니 생각을 하며 아껴두었던 것이지만 반으로 잘라 중심을 이어주었다. 고모는 그것을 꽃무늬 보자기로 만들어 늘 안고 다니더니 가마를 타고 시집갈 때도 그 속에 함께 가지고 갔다.

　　엄마가 17살에 시집을 와서 보니 9살 된 시누이가 살림을 하고 있었다. 집안은 휑한 바람이 불고 세 사람뿐인 식구는 서로 말이 없었다. 살림살이 역시 엉망이었다. 시어머니가 안 계시다는 말은 듣고 왔지만 9살짜리가 살림을 하리라곤 짐작도 못 했다. 오던 날부터 어린 시누이가 가장 마음을 아프게 했다. 학교에 갈 나이가 지났는데 살림을 하고 있었으니 불쌍해 견딜 수가 없었다. 당장 부엌문을 닫아걸고 물을 데워 목욕을 시켰다. 머리를 빗겨 곱게 땋아 댕기를 드려 주고 보니 입던 옷이 모두 작고 낡아 입힐 옷이 없었다.

장롱에서 천을 찾아내 엄마가 어렸을 때 입었던 모양의 옷을 만들었다. 입혀 보니 인형처럼 예뻤다. 시누이를 시아버지께 데리고 가서 학교를 보내자고 말씀을 드렸지만 사랑방에서 꼼짝도 않으셨다. 날마다 저녁을 일찍 해 먹고 엄마가 시누이에게 한글을 가르쳤다. 글을 가르쳐준 지 얼마 안 되었는데 배달된 편지를 뜯어 더듬더듬 읽고 있었다. 산수도 기초를 가르쳐주었을 뿐인데 문제를 내어줄 때마다 곧바로 풀어서 앞에 가져다 놓으며 엄마 표정을 살피는 시누이였다. 얼마나 기특하던지 시누이를 와락 끌어안고 울었다고 했다.

며칠을 생각한 끝에 시누이를 데리고 학교를 찾아갔다. 선생님은 신학기가 얼마 남지 않았으니 그때 오라는 말뿐이었다. 하지만 비어있는 뒷자리에 앉아만 있게 해달라고 사정을 하고 돌아왔다.

일제 강점기라 학교에선 일본어로만 가르쳤다. 한글을 막 익힌 뒤라 헷갈려 따라가지 못하면 어쩌나 걱정을 하며 왔는데 시누이는 집에 돌아와서도 잠시도 쉬지 않고 책을 읽고 쓰며 열심이었다.

고모는 깊은 밤 바느질하는 엄마 옆에 와서 공부를 하다가 모르는 것이 있으면 묻곤 했다. 학교를 간 지 두 달 만에 통지표를 가지고 왔다. 성적과 함께 편지가 들어있었다. 1학년 책을 완전히 깨우쳤고 전 과목이 우수하니 2학년으로 올려도 되겠다는 반가운 편지였다. 그 후 졸업할 때까지 1등을 놓치지 않았다고 엄마는 우리들이 학교를 다닐 때 고모 자랑뿐이었다.

나 또한 늘 나를 챙기며 데리고 다니는 고모가 좋았다. 내가 학교를 들어가던 날이었다. 고모가 쓰던 것을 모두 내게 주었다. 책은 물론 상품으로 받았던 몇 다스의 연필, 필통, 지우개, 자, 정갈하게 손질해 두었던 옷들을 수북이 내어놓았다. 나는 그 옷을 입고 학교를 다녔다. 집에 온 뒤에도 벗어놓지 않고 공연히 동네를 오르내렸다. 보는 이마다 어렸을 적 고모를 빼어 닮았다는 말이 왜 그렇게 듣기가 좋던지 입은 옷을 벗기가 싫었다.

내가 가장 좋아 따르던 고모가 시집을 갔고 아들을 낳아 기르며 행복하게 살았다. 친정에 올 때면 그 꽃무늬 보자기에 일기장을 싸가지고 와 엄마에게 보여주며 모두가 언니 덕분이라고 눈물을 흘리곤 했다. 어떤 날은 밤을 새워 이야기를 하다가 날밤으로 돌아가는 고모였다.

더없이 재미있게 살던 고모 집에 날벼락이 떨어졌다. 6·25 전쟁이 나던 해 어느 날 밤 고모부가 한밤중에 불려 나간 후 영 돌아오지 않았다. 여기저기 수소문했지만 납치되었을 것이라는 말뿐이었다. 고모는 마음을 잡지 못하고 친정과 시집을 오갔다. 늘 웃음이 가득하던 얼굴에 그늘이 지더니 시름시름 앓아 누워버렸다.

병이 점점 깊어간다는 소식이 들려오던 어느 날이었다. 고모가 찾는다며 엄마를 데리러 왔다. 나도 따라나섰다. 고모는 우리를 보고도 몸을 일으키지 못할 만큼 축 늘어져 움직이지 못했다. 엄마는 고모를 끌어안고 한없이 울었다. 그러는 엄마에게 장롱을 가리키며 알아들을 수 없는 말을 계속했다. 엄마는 용케도 그 말을 알아듣고 장롱에서 꽃무늬 보따리를 꺼내 들고는 차마 고모 곁을 떠나지 못하고 울기만 했다.

우리가 다녀온 지 이틀 만에 고모의 나이 29세로 다시 올 수 없는 먼 길을 떠나셨다. 엄마는 세상을 다 잃은 듯 슬퍼했다. 날마다 보따리를 끌어안고 울었다. 일기장에는 고모부와 엄마 이야기뿐이었다. 자기를 딸처럼 잘 키워 시집을 보내준 고마움을 절절히 적고 있었다. 엄마 역시 시누이에게서 남편까지 빼앗아 간 세상이 야속하다며 울음을 그칠 줄 몰랐다.

할아버지는 날마다 울고만 있는 며느리를 달래다 못해 그 보따리를 몰래 가져가 고모의 무덤에 묻고 왔다. 고모부에게 전해 달라는 딸의 한 맺힌 유언이 보따리를 들고 가는 내내 가슴을 후벼 팠지만 며느리까지 잃을 것 같은 불길한 생각에 마음을 모질게 먹었다며 한숨지으셨다. 고모가 떠나던 날은 우리 엄마가 쏟아내는 눈물처럼 비가 주룩주룩 내리고 있었다.

2015. 3.

옥양목 호청

동인들과 점심을 다 먹고 있을 때다. 커피를 가져왔던 쟁반에 남은 음식을 마구 쓸어 담는다. 순간 나는 잽싸게 밥그릇에 남은 흰밥을 챙겼다. 여름과 초가을에 덮고 깔았던 호청을 삶아 빨아만 두었다. 손이 많이 가는 작업은 겨울 방학 한가할 때 손질을 해야 차분히 할 수 있어 언제나 겨울로 미룬다. 그 생각을 하며 부지불식간 남은 밥을 챙긴 것이다.

빨래에 풀 먹이는 일은 흰밥이라야 하는데 우리 집은 언제나 오곡밥을 짓고 있으니 쉽게 할 수 있는 밀가루 풀로 대신할 때가 있다. 당장 가져온 밥에 물을 부어 끓여놓았다. 밤새 푹 퍼진 흰죽을 아침을 먹자마자 으깨고 걸러 풀을 먹여 널었다.

지금 세상에 풀을 해 호청을 덮는 사람이 어디 있느냐고 친구들은 말하지만 더울 때는 옥양목 호청만큼 감촉이 좋고 시원한 것이 없다. 더구나 이 좋은 옥양목을 두고 딴 것을 구입하는 일도 쉽지 않고 또 모시보다도 옥양목에 풀 먹인 상큼한 맛을 더 좋아하니 그럴 생각조차 없다. 그 호청을 덮는 순간 느끼는 상쾌함은 잠도 쉬 들게 하고 살갗에 닿는 느낌이 좋아 깊은 잠에 빠져들게도 한다.

이 옥양목 호청은 내가 시집올 때 어머니가 큰마음으로 해준 것이다. 딸이 여섯이나 되니 어머니는 쌀을 내어 옥양목과 광목을 필로 틈틈이 사들였다. 광목은 가마솥에다 삶아 바깥마당에 붙어있는 다섯 마지기 크고 긴 논둑에다 봄내

넣어 바랬다. 또 옥양목은 표백한 약품을 빼느라 삶아서 또 논둑에다 널어말려 장롱 깊이 넣어두었다. 맏딸인 나를 시집보낼 때 옥양목에 풀을 먹여 손이 부르트도록 다듬이질을 해서 만들어 주신 것이다.

정오가 되니 풀 먹인 것이 구덕구덕해졌다. 옥양목 호청을 매만지고 있으면 어김없이 어머니의 잔소리와 다듬이질 소리가 합주로 들려온다. 어렸을 적 호청에 풀을 먹인 날은 손질하고 잡아당길 사람이 필요했으니 언제나 저녁을 먹은 뒤에 맏딸인 나를 불러 앉히고 일을 시작했다.

손질이 서툰 내게 잔소리는 따라다녔다. 어머니는 갓 손질에 신경을 많이 쓰셨다. 제대로 펴지 않고 밟고 두드려 길이 들면 아주 붙어버려 바느질하기가 나쁘다는 것이다. 그러니 처음 손질할 때 꼼꼼히 펴라며 잔소리를 계속하셨다.

호청 어디에 어머니의 잔소리와 다듬이질 소리가 잠자고 있었는지 풀을 해 손질을 할 때면 영락없이 방망이 소리가 우리 어머니의 잔소리에 장단을 맞춘다. 그 소리들은 날이 갈수록 진한 그리움으로 내 마음을 적시는 것이다.

나이 탓인가, 벌써 몇 년째 풀 먹이는 일을 그만 두겠다고 마음을 다지게 된다. 언제나 이번이 끝이라는 생각을 하고 있지만 오래 길들여진 내 생각은 오늘처럼 느닷없이 행동으로 옮겨지고 있는 것이다. 겨울이 봄을 맞이하듯이 자연스럽게 호청을 빨고 나면 어느새 풀을 먹여 손질을 하는 나를 보며 혼자 웃는다.

귀찮게 생각되는 이 일은 한 여름을 잘 견딜 수 있는 최상의 방법이니 마음과는 달리 계속하는 것이다. 오랜 세월 나와 함께 하며 어머니를 떠올려주는 옥양목 호청에 풀 먹이는 일을 어찌 중단할 수 있단 말인가. 다행스럽게 남편은 보드라운 것만 선호하고 나도 겨울은 찬 느낌이 싫어 여름을 날 두 벌만 풀을 하고 매만지면 되니 그나마 일하기가 수월하다.

옥양목 호청은 해가 갈수록 더 보드라워지고 흰빛을 띤다. 옥양목은 방망이로 두드리면 윤이 더 나고 부드럽고 매끈해진다는 것을 알면서도 아파트에서는 방망이질을 할 수 없으니 다리미로 대신할 수밖에 없다. 방망이로 두드려 윤택을 낸다면 어머니와 함께 내 얼굴까지 비춰줄 것만 같은 옥양목 호청, 하지만 어리는 그림자는 언제나 어머니의 모습뿐이다.

어머니의 잔소리에 장단 맞추는 방망이 소리! 언제까지나 새하얀 옥양목 호청에 살아 숨 쉴 것이다.

2014. 12.

가을을 들여놓다

모처럼 시장에 들렀다. 어느새 장터는 가을걷이 한 것들로 가득했다. 가을 냄새 풍기는, 시골 밭에서 볼 수 있는 것들이 쏟아져나와 내 시선을 끈다. 하나하나 눈 맞추며 걷고 있으려니 가을 들녘을 걷고 있는 듯 마음이 풍성해진다.

큰 그릇에 가득 담긴 풋대추와 밤이 먼저 눈에 들어온다. 발갛게 익은 대추에 더러는 푸른색이 남아 있는, 그래서 더욱 싱싱해 보이는 대추가 군침을 돌게 한다. 나도 모르게 그 앞으로 다가갔는다. 염치없이 하나를 골라 입에 넣는다. 새콤달콤한 맛이 어려서 먹던 그 맛이다. 단 한 개 맛을 보았는데도 입 안 가득 가을 향기가 배어나온다. 대추와 밤 서너 되를 받아들고 걷는 마음이 즐겁다.

천천히 발을 옮긴다. 누런 호박 앞에서 발은 다시 멈춘다. 주인을 닮은 누런 맷돌호박이 정겹게 앉아있다. 누런 호박을 토막을 내 몇 조각도 그릇에 담아 놨다. 단호박과 애호박도 구색을 맞추듯 나란히 놓이고 한 집 건너에는 고추가 크기별로 그릇마다 담겨있다. 붉은 고추, 삭힐 고추, 어린 고추, 또 고춧잎도 가득 자루에 담겼다. 오늘 하루가 가기 전에 다 팔려나가기를 바라는 마음으로 발을 옮긴다.

나 또한 모두 사다가 말리고 삭히고 데쳐 저장하고 싶지만 한번에는 다 할 수 없으니 한 가지씩 이 가을이 가기 전에 준비할 생각이다. 안으로 들어갈수록 가을 냄새가 짙게 풍겨 온다. 도라지, 더덕. 잔대, 토란이 즐비하게 시장을 장식했고 오랜만에 산머루를 보게 되니 군침이 돌며 머루주도 담가보고 싶어진다.

맞은편에 울타리 콩이 보여 그리로 건너간다. 망에 담겨 산처럼 쌓였다. 가까이서 보니 색깔별로 분리해 놓았다. 붉은 빛이 도는 콩 다섯 망을 골랐다. 콩 무늬는 껍질의 색을 닮았다는 것을 알기에 내가 좋아하는 색으로 고른 것이다.

울타리 콩은 추석이 지나면서 걷어 들이는 작물이다. 늦은 봄에 심어 여름이 다 가도록 어디든 기어오르는, 호박 덩굴만큼이나 올라가기를 좋아하는 덩굴식물이다. 담 밑에도 지지대를 세워주어야 제대로 올라가 풍성하게 열매를 맺는다. 기어오르며 마디마다 나비 모양의 꽃을 피우고 그 꽃이 떨어질 때쯤 그 자리에서 아주 작은 꼬투리가 생겨난다. 그 꼬투리가 길게 자라면서 대여섯 개의 방을 만들어 놓고 그 속에다 콩을 만들어 키우는 것이다. 추석 무렵이면 먼저 달린 콩은 통통하게 살이 쪄 한가위 떡, 송편 속에도 넣고 밥에도 두어 먹는다. 생김새는 강낭콩과 비슷하지만 가을에 걷어 들이는 울타리 콩이 훨씬 분이 많아 맛이 으뜸이다. 하지만 다 익은 콩을 미처 거두지 못했을 때 비가 내려 젖으면 하루 이틀 사이에 싹이 나와 콩 맛이 감소되니 거둘 시기를 놓치지 말아야 한다.

어려서 우리 집에도 울타리 콩을 심었다. 어른들이 심었지만 거두어 들이는 작업은 동생들과 내가 맡았다. 또 풋것을 까면서 콩 무늬와 모양이 누구 것이 더 예쁜지 비교하느라 여 형제가 많은 우리 집은 떠들썩했다. 특별한 장난감이 없던 시절, 색색의 콩을 까서 그릇에 담아놓고 누구의 콩이 더 예쁘고 큰지 견주어 보는 것도 즐거운 놀이었다.

껍질을 소에게 가져다주기 전 잘 생기고 긴 것을 골라 두 개씩 짝을 만들어 엇끼어 방석을 만들어 놓으면 그 작은 방석에 서로 앉아보겠다고 엉덩방아를

쪘는 동생들을 보면서 얼마나 재미있어 깔깔댔던가. 통통하고 무늬가 예쁜 콩을 손가락에 올려놓으며 멋있는 반지를 만들었으면 좋겠다던 동생들, 그 예뻤던 동생들이 벌써 반백을 넘어섰다.

어머니는 울타리 콩을 깔 때면 서둘러 간식을 만들어 주셨다. 밀가루에 듬성듬성 울타리 콩을 넣고 반죽을 하고 적당한 크기의 반대기를 지어 밥솥에 쪄낸 떡, 그 맛있는 떡은 울타리 콩이 없어질 때까지 몇 번을 더 해주셨다. 먹고 먹어도 또 먹고 싶던 떡, 그 맛있는 것을 왜 개떡이라 불렀는지 모르지만 정말 이름과는 다르게 맛있게 즐겨 먹던 추억의 간식이었다.

오늘 사 가지고 온 울타리 콩 절반은 반찬을 만들고 또 그 절반은 밥에 두어 먹을 것이다. 가을 울타리 콩이 어느 콩보다도 맛있기에 해마다 준비해 냉동실에 쟁여두고 먹느라 가을이면 어김없이 장터에 나가 사재기를 거듭하고 있다.

쉽게 갈 수 있는, 이웃 장터에 농부들의 피와 땀이 밴 풍성한 가을을 들여놓았다. 우리 모두의 마음을 채워줄 탱글탱글 영근 가을걷이를 펼쳐놓고 손님을 기다리는 장터다. 나 또한 몇 번은 더 나와 한 가지 한 가지 겨울 준비를 할 것이다.

이 가을이 가기 전에 주부들이 꼭 들러봐야 할 가을 들녘이라 여겨진다. 시골의 가을 정취도 느끼며 풍성한 장터를 돌아보노라면 무덤덤한 생활에 활기를 불어넣어줄 것만 같다.

할아버지표 김치

　　새해 첫날이다. 흩어져 살던 가족들이 모여 식사를 한다. 모처럼 모였으니 새로운 소식들로 한껏 분위기가 달아오르고 있을 때다.

　"빨리 줘, 엄마."

　어린 손녀의 날카로운 외침이다. 모두의 시선이 손녀에게 집중된다. 다른 반찬엔 시선도 주지 않고 김치만 달란다. 제 입맛에 맞을 반찬이 많건만 어지간히 김치가 구미에 당기는 모양이다. 매운 것을 잘 먹는 손녀가 기특하다. 남편 역시 손녀에게서 시선을 떼지 못하고 있더니 불쑥 한마디 던진다.

　"하연이는 김치가 그렇게 맛있나?"

　"네, 할아버지. 매운데 맛있어요."

　입술이 발개지도록 김치를 먹던 손녀의 대답이다.

　"할아버지표 김치다. 누가 만든 줄 아나?"

　손녀는 할아버지를 빤히 쳐다볼 뿐 대답이 없다.

　"할아버지가 만들었는데 몰랐나?"

　잘 쓰지 않던 경상도 사투리에 모두 웃음이 터진다.

　처음 김장을 거들었을 때 남편은 절대 자기가 도왔다는 말을 그 누구에게도 하지 말라고 신신당부했었다. 나는 그 마음을 알 것 같기도 하고 또 약속은 지켜야 되겠기에 아무에게도 말하지 않았다. 그런 남편이 오늘은 가족들 앞에서 스스로 밝히고 있으니 나 또한 웃음이 나온다.

"할아버지표 김치" 상표화하면 김치가 잘 팔리겠다며 막내아들이 너스레다. 그 너스레에 집안은 또 한바탕 웃음바다다. 새해 첫날 남편과 아들, 손녀의 엉뚱한 김치 타령이 식사 분위기를 한껏 돋우고 있으니 이래서 가족은 모여 살아야 하는데 사정이 그러질 못한다.

옛날에는 사내대장부라 하여 안에서 하는 일을 도와주면 큰일 나는 줄 알고 살았다. 더구나 김치는 더 그랬다. 겨우 김칫독이나 묻어주고 김치 광이나 지어주던 일이 고작이었다. 그 시대를 살아온 할아버지가 손녀에게 김치를 만들었다고 자랑하듯 말하니 세월이 많이 변하고 있음을 실감한다.

남편이 김치 담그는 일을 거들어준 지 여러 해다. 해마다 이 사람 저 사람 불러 김장을 하다 보니 날짜 맞추기도 힘들고 김치 맛도 들쭉날쭉했다. 또 번거로운 것도 싫어 어떻게 하면 복잡하지 않고 또 하고 싶은 날 할 수 있을까 고민을 하다가 남편에게 도움을 청했다. 처음엔 망측하다고 말도 꺼내지 못하게 했다. 하지만 내가 몇 번 병원을 오가게 되니 안 되겠다 싶은지 어느 해부턴가 소매를 걷어붙였다. 젊었을 때만 해도 아프지 않아 별일이 있어도 어림도 없는 일이었다. 감히 도와달라는 말을 입 밖에 낼 수조차 없는 일이었다.

여러 해 전 김치가 맛있다는 소리를 초등학교에 다니던 외손녀에게 처음 듣고 나는 얼마나 기뻤던가. 몇 번이나 누구에겐가 자랑을 했다. 우리 집에만 오면 김치가 맛있다며 밥을 잘 먹는 외손녀가 예쁘다고 그때부터 바쁜 딸과 외손녀를 생각하며 김치를 담가주고 있다.

며느리가 들어오면서 그 말을 더 자주 듣는다. 물론 멀리 있어 김장을 도와주지 못해 미안해서 하는 인사라 생각도 한다. 하지만 저희 부부가 맥주 안주도 김치로 할 만큼 맛있다는 말을 들었을 때는 괜한 말 같지는 않았다. 힘들게 김치를 해주면서도 힘든 줄 모르니 언제나 칭찬 한마디의 힘은 대단하다.

　새해 첫날, 우리 집안의 웃음소리는 한 해의 전조등이 될 것이다. "할아버지표 김치"라는 신종어의 탄생 역시 우리 집 내림으로 해야겠다는 생각을 하며 아들 앞으로 간다.

2016. 2.

베란다에서

집으로 들어오는 즉시 베란다로 나왔다. 고향에 행사가 있어 며칠 집을 비웠다. 물을 흠뻑 주고 떠나면서도 봄볕이 너무 강하게 내려 쬐니 걱정이 되었다. 아니나 다를까 화분의 흙이 바싹 말라있다. 겨우 버텨줬구나 생각하며 부지런히 물부터 준다.

내 손길만 찾던 아이들이 다 자라 하나 둘 제 갈 길로 떠나버린 집이다. 별안간 집안이 넓게만 느껴졌다. 남편까지 출근하고 나면 혼자뿐이라는 생각에 더 쓸쓸해지고 말상대가 아무도 없으니 밖으로 나다니게 되었다.

날마다 이리저리 걷다가 비닐로 덮인 화원이 눈에 들어왔다. 들어서니 넓은 비닐하우스에 관엽 식물과 일년초들이 가득했다. 실내는 밖에서 보는 것보다 훨씬 넓었다. 시간을 보내기 좋을 것 같아 천천히 돌아보기로 했다. 화분마다 꽃 이름이 적혀 있고 내가 모르는 꽃 이름도 많아 호기심을 자아냈다. 하나하나 모르던 이름을 암기도 하고 아는 꽃을 만나면 더욱 반가워 눈 맞추다가 좋은 생각이 떠올랐다.

바로 이 꽃들이야. 내가 함께할 가족이! 허전함을 달래주고 기쁨을 안겨줄 가족이 얼마든지 있다는 사실을 알게 된 순간이었다. 그날로 몇 개의 화분을 사들고 왔다. 그 후 외출에서 돌아올 때마다 화분을 늘려갔다. 그렇게 시작한 화분이 어느새 베란다를 가득 채우고 있다.

꺾꽂이로 시작된 생명도 있지만 모두가 씩씩하게 자라고 있어 더욱 정이 간다. 목마르다고 투정을 하고, 영양이 부족하다고 어깨를 축 늘어뜨리며 시위를 하지만 그런 몸짓조차 나를 기쁘게 한다. 하루에도 몇 차례씩 누런 떡잎이 보여 내 손길이 필요하고 곁을 떠나지 않고 나만을 바라보고 있으니 이보다 더 든직한 가족이 또 있겠는가.

방글거리는 아가가 예쁘고 귀여워 눈길을 떼지 못하듯이 늘 웃고 있는 베란다의 가족들에게 더 많은 정을 쏟는다. 나를 불러내어도 밉지 않고 하루가 멀다 청소를 하느라 시간을 빼앗기지만 베란다에 서 있는 것만으로 즐겁다.

꽃을 다독이다가 언뜻 바라본 하늘, 흰 구름 한 점이 노랗게 물든 개나리 동산에 닿을 듯 떠있다. 개나리 동산에 축제가 한창 열리고 있으니 구름도 구경을 나왔나 보다. 오늘 글짓기 대회, 그림 그리기 대회를 열고 있고 사물놀이도 한창이니 구름도 차분히 내려다보며 시 한 수 읊지 않을까.

처음 이 아파트를 보러왔을 때 부동산 중개인은 실내를 구경하려는 우리를 베란다로 불러냈다. 앞이 훤히 트여있는 이곳에서 볼 수 있는 것이 가장 많다고 했다. 전동차가 소리 없이 오가고 그 너머에 강이 있어 새들이 먹을 것을 찾아 많이 날아다닌다며 자랑이었다. 집안은 보여줄 생각도 하지 않고 베란다에서 바라볼 수 있는 것을 소개하느라 여념이 없었다.

멀리 부옇게 솟아 있는 산을 가리켰다. 정면으로 보이는 산이 관악산이라 했고 이어서 우면산, 청계산이라며 자랑하는 것도 모자라 강 건너의 빌딩 숲을 일일이 소개하느라 떠날 줄을 몰랐다.

그때는 별 기대않고 흘려들었는데 요즘 부쩍 베란다로 나와 그곳을 바라보는 재미를 느낀다. 잠실운동장, 코엑스, 예술의 전당, 그런 유명한 건물들이 베란다에서 보인다고 무슨 득을 보겠느냐고, 높은 빌딩들이 숲을 이루고 있는 강남의 부자동네가 또 무슨 의미가 있겠느냐며 시큰둥했던 내가 요즘은 그곳을 바라보며 삶의 맛을 느낀다. 낮은 낮대로 밤은 야경의 불빛에 반해 베란다에서 시간을 많이 보내게 된다.

　베란다의 가족들이 내게 생기를 불어넣는가 하면 눈앞에 펼쳐진 세상을 보는 재미 또한 무한정이다. 삶을 살게 하는 매력을 지녔다.

2015. 4.

두 손을 모으고

　　바빌로프의 「아베마리아Ave Maria」 곡을 김우주의 노래로 듣는다. '굿 닥터' 방영 중 환자 김규현이 은옥의 청을 받아들여 병원 방송실에서 라이브로 불러준 곡이다. 노래가 흐르기 시작하자 병원 모든 사람들의 행동이 멈추었고 숨소리조차 멎은 듯했다. 그 장면을 본 사람이라면 모두가 한마음이었으리라.

　부르는 사람에 따라 그 감동이 이토록 다를 수 있다는 사실이 더 놀라웠다. 극중에는 김규현이 헨델의 「울게 하소서Lascia chio Pianga」를 부르는 장면도 여러 번 나왔었다. 그 곡이 들려올 때도 화면보다 노래에 더 심취할 만큼 잘 부르는 노래였다.

　우주의 노래를 컴퓨터에서 다운받아 계속 듣고 있다. 살아오면서 이처럼 오래 듣고 싶은 노래도 많지 않았다. 「아베 마리아」, 「울게 하소서」는 많은 사람들이 오랜 세월 애창하는 곡이다. 더구나 합창시간에도 배우고 불렀던 곡인데 같은 곡을 우주의 노래로 듣게 된 후로는 아주 다른 느낌으로 두 손을 모으게 된다.

　김우주는 작곡가의 마음을 가장 잘 나타낸, 아니 그 누구도 그 이상을 표현할 순 없었으리라. 혼자 듣기가 아쉬워 딸에게 전화로 들려줬다. 카치니의 「아베 마리아」 곡이라면서…. 노래를 듣고 제 마음을 어떻게 표현해 줄까 기대하는 내게 생각지도 못한 말이 나왔다. 카치니는 잘못 알려진 작곡가라고 한다. 러시아

류트연주자인 '바빌로프'의 곡이라고 바로잡아 준다. 오랜 세월 불렀던 곡을 작곡가도 제대로 알지 못했다고 민망해하는 내게 카치니로 알려졌던 곡이니 엄마의 잘못이 아니라고 해명해 주는 딸이 고마웠다. 그리곤 제대로 된 '시디'를 구해 선물하겠다고 했다.

우리 아이들이 어렸을 적 천재 소년 '로베르티노'의 노래에 취해 살았던 때가 있었다. 갓난아기 때부터 자장가처럼 들려준 때문인지 항상 음악에 관심을 갖는 아이들이다. 하루 온종일, 한 달, 두 달, 듣고 또 들어도 목마르던 노래는 지금도 그 어디서든 들을 때마다 그 시절로 돌아가는 것이다. 음반이 닳아 잡음이 생기면 새것을 들여와 듣기를 거듭했다. 미성의 아름다운 노래는 자라는 아이들의 정서는 물론 음감에도 도움을 주었으리라.

많은 세월이 흐른 지금, 로베르티노의 음색을 닮은 김우주의 노래를 들으며 다시금 두 손을 모으게 된다.

2013. 10.

그 자리에 있다

　　중앙선을 타고 강을 바라볼 수 있게 손잡이를 잡고 서서 밖을 내다보고 있다. 거리마다 가로수에 단풍이 곱게 물들어 있다. 덕소를 지나면서 펼쳐지는 경관은 며칠 전 다녀 온 무주구천동의 적상산을 많이 닮아있다. 정상에 바위가 없는 것이 다르긴 하지만 오히려 부드러움이 있다. 계곡과 등성이, 둥글게 솟은 봉우리마다 햇빛이 강열하게 비추고 있다. 단풍으로 물든 산이 빛을 발하니 이 순간이 최상의 아름다움이리라.

　　만추의 경관을 감상하며 터져 나오는 감동을 주체할 수 없어 차에서 내리고 있다. 구 도로로 접어드니 단풍은 더 아름답게 내 눈길을 사로잡고 있다. 옛 길에서 강 건너의 경치까지 한눈에 보여 마음껏 내 감정을 토해내고 있다. 먼 산 밑에 정들었던 은행나무 가로수길이 보이고 있다. 가을이면 저 멋진 곳에서 만추를 바라보며 한없이 걷던 추억이 되살아나고 있다.

　　구 도로를 따라 아주 천천히 걸어가며 그 옛날을 더듬고 있다. 마른 낙엽이 발 끝에 밟히면서 바삭바삭 노래를 부르고 있다. 시골집을 오가느라 어지간히도 걸어 정들었던 길, 주변을 둘러보는 재미를 혼자 느끼는 것이 아쉽긴 하지만 옛길을 걷는 재미 또한 있다. 드높은 하늘, 반짝이며 흐르는 물, 끝없이 이어지는 산과 산, 모두가 그 자리에 변함없이 멋진 폼으로 있다. 가을 옷이 이처럼 곱고 아름다운지를 온몸으로 느끼고 있다. 가을 옷을 바꿔 입었을 뿐인데 먼 나라 여행이라도 온 듯 설레고 있다.

　이곳으로 자투리 여행을 떠나 걸을 때마다 많은 깨달음이 있다. 눈꽃 서리꽃이 피어나는 장관도, 새순이 돋아나는 봄을 맞는 기쁨도 이곳에서 맞는 것이 최상으로 알고 있다. 우리 집에서 가까워 그럴 수 있겠지만 자연이 수려한 곳이라 계절 가리지 않고 달려오고 있다. 두서너 시간의 여유만 있어도 발길이 이곳으로 향하는 오랜 버릇이 내겐 있다. 자연이 주는 큰 선물이 늘 그 자리에 있기에 감사하며 오가고 있다.

　여행 준비하느라 신경 쓰는 일 없고 놈코어 차림이면 되는 자투리 여행, 혼자서도 좋고 친구와 함께라면 더 즐거워 찾고 있다. 가벼운 마음으로 나설 수 있는 단거리 여행이면서 마음을 추스르는데 안성맞춤인 이 산천은 아무리 칭찬을 해도 부족함이 있다. 갈 때 느낌이 다르고 올 때 느낌이 다른 산과 팔당댐, 이 모두가 눈에 어리어 자투리 시간에도 달려오고 있다.

　어느 핸가 직선으로 도로를 넓히면서 이 길을 구 도로라 부르고 있다. 자연을 마음 놓고 즐기며 여유 자작하며 나만의 무대를 펼치기도 최상의 장소라 여기고 있다. 아니 자연이 나를 위해 설치해놓은 자연스러운 무대라 더욱 좋아하고 있다.

　자동차가 다니지 않으니 보이는 돌마다 발끝으로 신나게 멀리 차면서 걸을 수도 있고, 납작한 돌을 만나면 사방치기도 하고 던져 맞추는 놀이도 하며 어린 시절을 추억할 수 있는 곳이 여기에 있다. 그뿐인가. 가로수가 줄지어 서 있고 가랑잎들이 나르며 구르며 노는 모습에 박자를 맞추듯 가을 노래를 흥얼거리고 있다.

　어느새 팔당을 지나고 있다. 댐에 가득한 물의 색이 신비로워 자꾸 바라보고 있다. 몇 날 며칠을 골짜기마다 굽이쳐 온 물빛이라 더욱 고운 색을 연출하고 있으니 맘껏 날아오르던 마음이 평온해지고 있다. 둘러선 산도 이 아름다운 물빛을 얼마나 아끼고 있는지 그의 몸짓으로 알 수 있다. 산들은 넘치도록 담은 호수를 갓난아기를 보듬듯 감싸 안고 있다.

오늘도 많은 기쁨을 내게 안겨주었으니 흡족한 마음으로 집으로 발길을 옮기고 있다. 온몸 가득 희열을 담아 가는 자투리 여행! 눈앞에 펼쳐진 모든 자연이 제자리를 지키고 있기에 늘 즐거운 마음으로 달려오고 있다.

무릇 내가 있어 찾아오는 곳이고 아름다운 자연이 그 자리를 지키고 있으니 우리의 만남은 오래도록 지속되고 있다.

2014. 11.

가끔 기억해주길

유서로 남길 말이 떠오르지 않아 살아온 날을 돌아본다. 나이를 생각하면 길고 긴 세월인데 돌아보니 몇 자로 적어도 될 만큼 잠깐이다. 지나간 날이어서일까? 아름답던 시간만 스쳐간다. 맏딸인 나는 어려서부터 엄마를 돕느라 이리저리 뛰어다니며 살았다. 할아버지가 일을 하면서도 재미있게 사는 법을 가르쳐 주셨고, 또 착한 동생들이 아둔한 나의 힘이 되어주었다. 지혜롭고 정이 많으셨던 할아버지, 언제나 공부를 열심히 해 기쁨을 안겨주던 여섯 명의 동생들이 결혼하기 전 살아가는 내 원동력이었다.

결혼을 해 아이를 낳아 기르면서도 그 기쁨은 연속되었다. 아이들이 태어나면서 제 팔자를 알고 나오는 것 아니냐는 이웃 사람들의 말을 들었을 만큼 바쁜 엄마를 봐주는 듯 자라주었다. 그런 아이들을 보면서 늘 감사한 마음으로 일했다. 삼 남매가 자랄 때는 물론 진학할 때도, 취업할 때도 실패라는 말을 몰랐으니 일을 하면서도 조금도 힘든 줄 모르고 내 일에 열중할 수 있었다.

내가 하는 일 또한 결혼할 신부들의 옷을 만드는 일이었다. 비록 밤을 새워야 할 시급한 일도, 종종걸음 칠 때도 많았지만 잘 맞고 잘 어울리고, 날짜와 시간만 틀림없이 지켜준다면 신부들의 기뻐하는 모습을 볼 수 있으니 30년이란 세월이 가는 줄 모르고 살아냈다.

그리곤 지금의 생활이 이어졌다. 여행을 다니고, 아름다운 교정을 드나들고 친구를 만나며 내가 가장 두려워하던 글쓰기를 하고 있다. 글쓰기는 드레스 만드는 일보다 훨씬 힘들고 내 적성에도 맞지 않는다고 여겼다. 하지만 지금껏 포기하지 않고 취미를 붙이려고 노력하며 살아왔으니 스스로 대견하다 여길 뿐이다.

그뿐인가. 종종 들려오는 손자 손녀들의 소식은 우리 부부의 늘어지는 마음을 추스르게 하는 활력소가 된다. 외손자의 합창, 외손녀의 춤 솜씨를 보게 되는 즐거움은 나를 신바람 나게 한다. 또 지난해 외손녀가 원하던 대학에 순조롭게 진학을 했고 또 대학 생활에도 열심이다.

친손자 손녀는 아직 초등학교 저학년이지만 가끔 학교에서 일어난 일들을 전해주면 역시 내 새끼들이란 생각이다. 손자 손녀도 제 부모들처럼, 언니들 뒤를 발밤발밤 따를 것이라 믿어지니 나는 세상에 걱정할 일이 없는 것이다. 이만하면 내 일생이 행복했노라고 말해도 되지 않을까?

"내 귀여운 손자 손녀들아, 항상 만족하며 즐거운 마음으로 살고 간 이 할머니를 가끔은 기억해주길 바란다."

2013. 9.

그는 행복하다는데

　　송년 모임이 있는 날이다. 고향 소식이 궁금해 일찌감치 모임 장소로 향한다. 벌써 선후배들이 나와 있다가 반긴다. 그들 중 유난히 반갑다며 다가와 손을 잡는 이가 있다. 그는 반갑다는데 대선배인 듯 보이는 그를 나는 알아차리지 못한다. 아무리 기억을 더듬으며 고향 분들을 떠올려 봐도 낯설기는 마찬가지다. 그렇다고 잡힌 손을 뿌리칠 수도 없어 머뭇거리려니 어색하기 이를 데 없다.

　　내 태도가 이상하다 여겼는지 회장이 그 사람에게 핀잔이다. 그것 보세요, 너무 오래 나오지 않았으니 선배님이 못 알아볼 수밖에요, 앞으론 행사 때마다 참석해 달라고 당부하면서 그 이름을 일부러 크게 불러준다.

　　그의 이름을 말할 때 나는 너무 당황스러웠다. 그 후배를 못 알아봤으니 내 나쁜 눈 타령이 절로 나왔다. 시력이 나빠 못 알아봤다는 변명을 몇 번씩이나 되풀이해도 미안한 마음이 가시질 않는다. 하지만 다시 보고 또 봐도 내가 기억하던 모습은 간데없고 뼈만 앙상한 데다 얼굴은 잡티와 주름투성이라 옛날 얼굴이 그 어디에도 남아있지 않았다. 그 좋던 풍채며 활기차던 모습, 인자함까지 두루 갖췄던, 내게는 특별한 후배였는데…. 옆의 대선배님보다도 더 선배님 같아 보이니 어찌 알아볼 수 있겠는가.

　　오래된 이야기다. 내가 운영하는 웨딩드레스 샵에 그 후배가 찾아왔다. 느닷없이 도와달라는 말부터 꺼냈다. 중심가에 예식장 하나 더 오픈하게 되었다면서 드레스부를 맡아주고 각 예식장에 필요한 드레스 만드는 일까지 도맡아 달라는 요청이었다. 그가 제시한 조건은 말할 수 없이 좋았다.

하지만 나는 이미 드레스 샵을 그만두려고 마음을 정한 뒤였으니 대답할 수가 없었다. 그는 날마다 와서 졸랐다. 마음을 바꿔 자리 잡을 때까지만이라도 도와달라며 더 좋은 조건을 내놓곤 했었다. 그는 우리 고향에서 서울에 올라와 가장 성공한 사람이었다. 사업마다 성공을 거둬 부를 쌓은 믿음직스런 후배였다.

후배의 말이 내 머릿속에서 떠나지 않았다. 그가 내건 사업 조건에 욕심이 생겼다. '그래, 몇 년만 더 투자를 해봐?' 마음이 자꾸 하는 쪽으로 기울려고 했다. 또 한편에선 안 된다는 마음도 강하게 일었다. 아이들도 다 컸고 남편이 직장 생활을 하고 있는데 더 할 이유가 없다고 강하게 도리질을 했다. "그래 정신 차려 이 바보야." 스스로를 나무라며 자꾸 흔들리는 마음을 다잡고 있었다. 마음이 변하기 전에 고향 친구에게 전화를 했다. 우리 샵에서 드레스를 구입해 가던 예식장 주인을 데리고 와 웨딩드레스와 부품 모두를 속히 가져가 달라고 부탁을 하고 또 했다.

살아오면서 가끔 그때를 떠올린다. 그리곤 야멸차게 결단을 내렸던 자신에게 고맙다는 생각을 한다. 욕심을 누를 수 있던 그 용기. 오늘 그 후배를 보고 나니 더욱 그때의 내 결심이 내 평생 가장 잘한 일이라 여겨졌다. 부에 현혹돼 그 사업을 다시 계속했다면 나는 지금 어떤 모습이 되어 있을까. 물론 사업을 한다고 모두 같은 모습으로 변하진 않겠지만 신경을 많이 써야 하는 드레스업이니 지금과는 아주 다른 모습일 수도 있다. 시간에 쫓기며 일에 묻혀 나를 잊고 살았을 삶이다. 그 후배는 고향에서 소문난 부자이고 모두들 부러워하는 사람이다. 하지만 몇 년 전 몸담고 있던 예식장에서 쓰러져 의식을 잃었고 10여 일만에 깨어나니 세상이 너무 허무하게 느껴져 하던 사업을 모두 친척에게 넘겨줬다고 했다. 그 말을 들으며 왜 그렇게 마음이 짠하던지. 쓰러질 때까지 일을 해, 부는 쌓았다지만 자신의 건강은 지키지 못한 후배였다.

그는 다섯 명의 자식을 모두 유학 보냈고 또 그곳에 살게 되어 가끔 자식들도 볼 겸 외국 여행도 많이 다닌다고 한다. 아니 그곳에 집을 장만해주고 슈퍼마켓까지 마련해줘 자식들은 잘살고 있다며 자랑이 대단했다. 정말 부모 노릇을 제대로 한 자랑할 만한 후배다. 자기 건강을 잃으면서 모은 부를 몽땅 자식에게 바친 후배, 부모가 되기는 쉽지만 제대로 부모 노릇을 하는 이는 많지 않다고들 한다. 자식들에게 주는 재미로 살아왔다는 후배의 말을 들으며 나는 한숨이 절로 나왔다. 그는 행복하다는데 그의 변한 모습을 보니 자꾸 마음이 아려온다.

2012. 12.

2부

봄바람에 실려 온 초대장

이른 봄이면 그 어디든 흙을 비집고 올라오는 꽃다지! 이름만 떠올려도 나는 벌써 고향으로 달려간다. 그런 정 때문인가? 봄이 되면 뒤뜰로 나서는 버릇이 생겼다. 꽃다지를 보기 위해서다.

폐교 위기의 모교

　　응원하는 소리가 교문 밖에까지 들려온다. 설레는 마음으로 교문을 들어서니 운동회는 벌써 무르익었다. 운동장 가운데 세워진 두 개의 장대에 청색과 백색의 큰 박이 매달렸는데 그 위로 모래주머니가 수없이 날아들고 있다. '행운의 박 터뜨리기'는 3학년생들의 경기란다. 자리에 막 앉으려니 청색 박이 먼저 터지며 색종이가 쏟아져 나왔다. 박수 소리와 응원 소리가 운동장에 더욱 힘차게 퍼져나간다.

　부산 막내아들네 집에 온 지 사흘이 되었다. 마침 손자가 다니는 초등학교에서 어린이날 행사로 운동회가 있다기에 가족이 함께 경기를 보러왔다. 교사 건물 앞에는 화단이 길게 늘어섰고 화단 가득 갖가지 꽃들이 우릴 반긴다. 그 화단 앞에는 5단으로 된 계단이 있어 그곳에 앉아 관람을 하게 되어 있었다.

　운동장 전체가 잘 보이는 첫 단에 자리를 잡고 앉는데 꽃향기가 짙게 풍겨온다. 올려다보니 빽빽이 엉켜있는 등나무 줄기 틈새로 등꽃이 환하게 꽃불을 밝히고 있다. 벌집을 연상케 하는 보라색 등꽃은 운동을 하고 있는 아이들의 사랑스러운 얼굴들이다. 거기다 내 어린 시절 운동회 날의 그 많던 얼굴들이 되살아나 어느새 추억 속의 운동회 속으로 빠져들고 있을 때다.

　옆에 앉았던 며느리가 큰 소리로 제 아들 이름을 부르며 뛰어나간다. 나도 덩달아 따라갔다. 2학년인 손자가 달리기를 하고 있었다. 반에서 키가 제일 커 마지막으로 뛰고 있다. 뛰는 모습도, 꼴찌로 들어오면서 태연하기만 한 표정도 그 옛날 제 아비의 모습과 어찌나 흡사한지 웃음이 절로 나왔다.

한바탕 소동이 지나고 잠시 쉬고 있을 때다. 다음이 "할머니와 함께 풍선 터뜨리기" 차례라며 손자가 나를 잡아끈다. 나는 얼떨결에 손자와 나란히 운동장 가운데 섰다. 하지만 모처럼 아이가 된 듯 즐겁다. 풍선 하나씩을 나누어 주며 불어서 부풀려놓으라는 방송이 흘러나오고, 금시 호루라기로 시작을 알린다. 나는 부푼 풍선을 들고 손자와 죽어라 달려 목적지에 닿았다. 그리고 서로의 가슴에 그 풍선을 넣고 힘을 다해 끌어안아 터뜨렸다. 다시 뛰어 제자리로 뛰어오면서 보니 벌써 두 팀이 앞서 달리고 있다. 온힘을 다해 달렸지만 등수를 좁히지는 못했다. 상품까지 받아들고 손자와 함께 개선장군처럼 돌아오면서 오랜만에 동심으로 돌아가 봤다.

다음 경기는 어떤 운동이 있을까 프로그램을 살펴본다. 오전은 1·2·3학년의 운동회를 하고 4·5·6학년은 오후에 한다고 되어있다. 오전, 오후로 나뉘었는데도 어린이들이 운동장에 가득하다. 그 많은 학생들을 보면서 도시와 시골의 상황이 이처럼 다르다는데 놀라지 않을 수가 없다. 위기를 맞고 있다는 내 고향의 모교와 비교가 되는 것이다. 아이들이 넘쳐나고 있는 도시와는 달리 나의 모교는 인원이 모자라 지탱할 방법을 찾지 못하고 있다니 너무 비참한 현실이다.

지난 3월로 접어든 어느 날이었다. 고향의 재경동문회 임원들의 소집이 있었다. 고향 분들을 만난다는 기쁨에 한달음에 달려갔다. 하지만 전하는 소식은 너무 암담한, 우리 모교가 폐교 위기를 맞고 있다는 소식이었다. 나는 그 말이 우리 동문들이 모두 사라져버린다는 소식같이 무섭게 들려왔다. 폐교 위기, 이럴 수가 있단 말인가!

우리들이 다닐 때는 교가에도 '700명 형제'라 했고, 70명이 한 반에서 공부를 했었다. 그런데 지금은 전교생이 35명이 되지 않아 위기를 맞았다고 한다. 80년의 역사를 가진 모교가 아이들이 모자라 이어갈 대책도 묘안도 없다는 말이었다. 살아가기 힘들다하여 자녀를 하나 아니면 둘만 낳는 일이 그런 문제를 낳았지만 우리들처럼 고향을 훌훌 떠난 사람들도 책임이 크다는 생각에 마음이 착잡해온다.

어느새 마지막 경기 줄다리기라는 방송이 흘러나온다. 학생과 학부모가 줄다리기를 함께 하겠으니 많이 참석해 달라는 방송이다. 줄다리기는 그 옛날부터 운동회 끝마무리를 장식하는 경기였다.

우리 가족도 모두 나가 백군인 손자 뒤에 굵은 동아줄을 잡고 섰다. 시작과 함께 힘껏 줄을 잡아당기며 영차 영차를 외친다. 우리 팀이 조금씩 끌려가고 있다. 별안간 힘을 내라며 뒤쪽에서 크게 고함치는 소리가 들렸다. 그 외침과 동시에 줄은 우리 쪽으로 다시 끌려온다. 아니 얼마나 힘을 다했는지 줄이 와락 끌려왔다. 모두는 뒤로 넘어지면서도 이겼다고 소리치며 기쁨을 만끽하고 있을 때다.

나는 누운 채 기쁨보다는 폐교 위기의 내 모교를 하늘에 그려보고 있다.

2015. 5.

빨래

　　우리 집은 일주일에 한 번 세탁기를 돌린다. 빨랫감을 모았다가 내리 세네 번 돌려야 하기 때문이다. 세탁기에 세제를 물량에 맞게 풀어놓고 흰 옷부터 돌린다. 그 물을 받아냈다가 다시 세탁기에 퍼붓고 엷은 색의 옷을 또 빤다. 똑같은 방법으로 짙은 색의 옷과 양말까지 빨고 난 뒤에야 그 물을 하수도로 흘려보낸다. 이렇듯 한 번 빨 양의 세제물로 빨래를 하는 작업이 내겐 불편하고 힘도 들지만 오랜 동안 해오니 버릇이 되었다. 더구나 요즘 들어 허리 병까지 얻었으니 자동으로 하고 싶은 생각이 절실하지만 언제나 생각뿐이다.

　막내아들이 대학생이었을 때였다. 늘 한강이나 중랑천에서 물을 떠와 학교로 가져갔다. 물의 오염도를 측정한다고 했다. 학교 실험실에서 입던 빨랫거리를 가져다 놓던 날이었다. 세탁기에서 빨래한 물이 하수도로 흘러가는 것을 유심히 바라보던 아들이 기막힌 말을 했다. 저만큼의 세제물을 정화하는데 얼마만큼의 물이 필요한가를 말하며 저 세제물이 물을 오염시키는 주범이라 했다.

　그 말을 듣는 순간 머리가 땅했다. 하지만 그 뒤에 나온 말은 더 소름이 끼쳤다. 언젠가는 우리가 저 물을 먹게 된다는 말이었다. 세제를 푼 물이 한두 번 빠는 것으로 그 농도가 별로 약해지지 않을 것이니 제 빨래로 당장 실험해보자며 막내는 일을 벌였다.

　모두가 흰 빨래였다. 그 빨랫거리와 집에 있던 빨래를 가져와 세 무더기로 나누었다. 세제물을 풀어 한 무더기를 돌리더니 큰 그릇에 그 물을 받아놓는다. 그 물을 다시 퍼 올리며 두 무더기를 차례로 빨았다. 마지막에 한 빨래도 처음 것과 다르지 않았다. 설마 하던 마음이 있어 세탁한 빨래를 세세히 확인했지만 깨끗이 되었다. 마지막에 양말과 걸레 등을 넣어 또 세탁기를 돌렸지만 여전히 깨끗했다. 세제를 조금 쓰고도 깨끗이 된다면야 그까짓 수고쯤이야, 하는 생각으로 지금에 이르렀다.

하지만 힘이 들 때 혼자 투덜거린다. 이렇듯 살아온 지 수십 년인데 물이 맑아졌다는 소식도, 세제를 아껴 썼으니 우리 집 형편이 좋아졌다는 생각도 들지 않는다. 공연히 나만 힘들게 산다며 자책을 하다가도 모든 주부들이 이렇게 빨래를 한다면 물이 맑아질 수도 있겠구나 생각도 된다. 하지만 주부들이 몰라서 자동으로 빨래를 하겠는가. 시간도 많이 걸리고 힘도 몇 곱으로 드니 세탁기에 의존하는 것이리라.

내가 어렸을 때는 흰 무명이나 광목옷을 입었다. 그 옷들은 뜯어서 빨고 또 삶아 빤 것이 마르면 풀을 먹여 다시 꿰매야 하는 옷들이었다. 어머니는 그 여러 과정의 일을 혼자서 했다. 한 번 빨래를 할 때마다 10식구의 빨랫거리는 산더미였다.

맨 처음 빨래 솥에 잿물을 내려 따끈하게 데워서 빨래를 담가 놓는다. 때가 불은 뒤 건져 자배기에 차곡차곡 담아도 두세 자배기가 넘었다. 빨래할 곳은 개울뿐이었으니 그것을 머리에 이고 개울로 몇 번이고 날라 빨래를 했다.

동지섣달에도 얼음을 깨고 널찍한 돌에다 빨래를 두드려 비볐다. 세상이 꽁꽁 얼어붙은 매서운 날씨에도 맨손이었다. 동저고리 바람에 무명 수건 하나 머리에 쓰고 쪼그리고 앉아 빨래하는 어머니의 얼굴은 파랗게 질려있었다. 손이 곱아 움직임이 굼떠도 허허벌판엔 손을 녹여줄 아무것도 없었다. 그렇게 추위를 견디며 애벌빨래를 하고나면 날이 저물었다.

요즘처럼 그 흔한 고무장갑 하나 없어 손가락에 감각이 없을 만큼 언 손으로 빨래를 비볐다. 전날 빤 빨래를 삶아가지고 빙판길을 걸어 다시 개울로 나가 또 하루를 추위와 싸워야 했다. 요즘처럼 집안에서 빨래를 했다면 그런 고생은 없었을 것이다. 아니 바람막이라도 있었다면 그처럼 추웠을까! 하지만 어머니는 그 많은 빨래를 벌판에서 혼자 하면서도 불만 한 번 없으셨다.

요즘 우리 집의 빨래란 것이 거의 애벌 빨아도 되는 옷이다. 뜯어서 빠는 옷이 없으니 꿰맬 옷도 없다. 삶을 빨래라야 부피가 작은 속옷들과 수건뿐이다. 그것도 세탁기가 다 해주는데 물 몇 번 퍼 올리는 것이 힘들다고 투정을 하고 있으니 스스로 부끄럽다.

빨래를 하며 힘들다고 생각할 때마다 어머니를 생각하면 죄스럽다. 지금 내가 하는 두 식구의 벗은 옷을 어찌 빨래를 한다 하겠는가. 그것도 세탁기가 다 해주고 있어 시간이 남아도니 힘들다 투정이 나오는 것이리라. 오늘도 힘들게 열 식구의 빨래를 맨손으로 하셨던 어머니 생각에 목이 멘다.

2014. 10.

못난이

"할머니들 비키세요"

바로 뒤에서 야무진 소리가 들려 엉겁결에 비켜섰다. 40대 중반으로 보이는 여인 5명이 당당히 지나간다. 무거운 짐을 들지도 않았고 둘러맨 작은 손가방이 전부인 여인들이다. 더구나 우리들이 길을 다 막고 가지도 않았으니 본인들이 알아서 지나가면 될 일이다. 굳이 우리들 뒤로 와서 할머니라고 힘주어 말하면서 비켜 달라니. 얼결에 비켜주고 나서 후회가 되는지 말이 많다.

나와 같이 걷던 친구들은 건방지다면서 한마디 해주어야 한다고 야단이다. 말은 그렇게 하면서도 아무도 용기 있게 나서는 이는 없다. 나 또한 아무 말도 나오지 않았다. 다만 건방지고 얄밉다는 생각이 들 뿐이다.

우리 일행은 모처럼 도시를 벗어난 즐거움에 한껏 마음이 들떠있었다. 햇살을 받아 반짝이며 흐르는 강이 눈앞에 펼쳐지는 순간, 마냥 마음이 들떠 소리를 질렀다. 강 건너에 초록빛의 옷을 입은 채 편히 누워 있는 산을 보는 마음도 한없이 즐거웠다. 쭉 뻗어나간 좁다란 황톳길, 길가 풀숲을 비집고 올라와 피어있는 냉이와 꽃다지 꽃들, 눈앞에 지나치는 싱그러운 생명들이 우리들의 마음을 한껏 부풀게 했었는데….

꼭 그런 모습으로 지나가야만 했을까. 또 비키란 말이 무심코 나왔다 해도 "미안합니다." 그 한마디를 하면서 지나갔어도 금방 잊어버렸을 일이고 되씹지 않았을 일이다. 우리들 나이가 많다고 하나 오늘은 머리가 백발인 이도, 구부정하게 걷는 친구도 없다. 40대 중반으로 보이는 저들이 할머니라 부를 만큼 나이가 많다는 생각도 들지 않았다. 더구나 같이 걷고 있는 친구들은 나보다 대여섯 살 적은 나이가 아닌가.

더위에 지쳐있던 우리들이 야외로 나오니 딴 세상에 와 있는 느낌이라며 어지간히도 즐거워했었다. 모처럼의 활짝 갠 마음을 저들의 한마디가 망쳐놓고 갔다. 얼마나 얄미운지 젊은이들이라고 불러주고 싶지 않아 저들이라며 손가락질을 했다. 꼭 새 옷을 입고 나온 날, 흙탕물을 뒤집어쓴 기분이랄까?

불현듯 한 친구가 떠오른다. 몇 년 전의 이야기다. 은행에 입금을 하러 갔는데 이름 뒤에 할아버지라고 호명을 하더란다. 할아버지란 말에 너무 화가 나서 "나는 너 같은 손녀를 둔 적 없다."고 버럭 소리를 지르고 나와 버렸다고 했다. 그리곤 당장 거래 은행을 옮겼다는 동창생의 말을 들었을 때다. 참으로 옹졸하고 못났다면서, 사내대장부가 그까짓 일이 뭐가 그리 화가 날 일이냐고 놀려댔었다.

몇 년이 지난 오늘 할머니란 부름은 극히 적당한 호칭이라 생각을 하면서도 내가 당하고 보니 마음이 뒤틀려온다. '할머니들 비키세요.'란 말에 나는 왜 그 호칭을 자꾸 곱씹고 있는지 내 마음 나도 알 수가 없다. 그 말을 곱씹을 때마다 내겐 주름이 하나하나 더 늘어나는 기분이 드니 빨리 잊어버리고 싶은데 마음같이 되지 않는다. 생각을 되씹다 보니 친구보다 한참 더 못난이는 내가 아닌가.

2012. 9.

서리태콩

초등학교 동창생 K가 보낸 박스를 연다. 검은색 콩이 들어있다. 손을 깊이 넣어 한 움큼 들어올린다. 알이 굵고 윤기가 흐른다. 농사일에만 온 정성을 쏟으며 평생을 살았으니 이렇듯 실한 열매를 생산해 냈으리라. 땀 흘리며 일하고 있을 친구의 모습이 그려진다.

그 친구가 농사를 짓는 덕분에 고춧가루며 절임배추, 대학찰옥수수, 잡곡 등 그곳에서 생산되는 모든 작물을 믿고 구입할 수 있어 좋다. 요즘 같은 세상에서 믿고 살 수 있는 것만으로도 고마운 일인데 가끔 이렇듯 선물을 보내오니 할 말을 잃는다.

언젠가 여행을 갔다가 아낙들이 팔고 있는 검은콩을 모두 구입하기에 나도 따라 사 들고 와 밥을 지었다. 그런데 이럴 수가. 늘 먹던 콩이 아니었다. 보기에는 똑같다 생각되어 아무 생각 없이 사 왔는데 밥을 지어놓으니 영 맛이 달랐다. 씹으면 입에 착 감겨야 할 콩 맛이 제대로 퍼지지 않아 씹고 또 씹어도 맛은 커녕 겉돌았다. 입안에서 밥과 콩이 따로 놀고 있으니 맛이 날 수가 있겠는가. 그 후론 그 어느 곳에서도 잡곡이라면 쳐다보지도 않는다.

콩을 한 개 까보니 속이 파란 것이 서리태콩이었다. 콩을 좋아하는 나는 벌써 침이 넘어갈 만큼 입맛이 돈다. 햇볕이 가득한 방에 펼쳐놓는다. 일 년 내내 두고 밥에 두어 먹을 양이니 하루 이틀 햇볕을 더 쏘여 갈무리를 해야 곰팡이가 끼지 않겠다 싶어 널고 있는 것이다. 방안 가득 널고 있으려니 내가 기대에 부풀어 콩을 심던 시절이 생각난다.

어느 해 시골 집 텃밭에 서리태콩을 가득 심었다. 밭이 걸지니 몇 말쯤 거둘 것이라 계산을 해보며 남편과 함께 신바람 나게 심었다. 보름쯤 있다 심어야 된다는 옆집 아줌마의 충고도 무시하고 며칠 사이인데 어떠랴싶어 내려온 김에 콩을 심어놓은 것이다. 한 달쯤 지나서 내려가 보니 벌써 새싹이 두세 잎 나와 있어 마음이 흡족했었다.

집으로 들어갈 생각조차 못하고 주저앉아 들여다보고 있을 때였다. 지나가는 마을 분들이 모종이 이렇게 촘촘하면 달리지 않는다며 쑥쑥 뽑아놓고는 모두 이렇게 솎아내라며 일러주고 간다. 어떻게 저토록 잔인할 수 있을까 나는 원망스러운 마음으로 그 사람이 사라진 뒤 얼른 제자리에 다시 심어놓았다. 물까지 주면서 꼭 살아주기를 빌었다. 오랜 세월 농사를 짓고 있는 농부들의 말을 들을 생각은커녕 설마 하는 마음과 예쁜 싹이 불쌍하다는 생각만으로 그 말을 믿고 싶지 않았다.

콩을 거둘 때에야 그들의 말을 듣지 않은 것을 후회하게 되었다. 우리 텃밭같이 걸진 밭에는 아예 콩을 심어서는 안 된다고 했다. 땅이 걸진 밭에 보름이나 일찍 콩을 심고 그것도 모자라 총총 심어놨으니 키가 웃자란 데다 가지까지 실해 서로 맞닿아 옆으로보다 위로만 자라서 서로 엉켜있었다. 통풍이 잘되고 햇볕이 들어가야 꽃도 피고 열매도 달린다는데 햇빛은커녕 바람 한 점, 들어갈 틈조차 없이 빽빽이 자라버렸으니 더러 핀 꽃도 쭉정이가 될 만큼 모든 조건을 최악으로 만들어놓고 콩이 달리기를 기다렸던 것이다.

농사를 지어 본 적 없으니 농부들의 말을 들었어야 했다. 오랜 세월 익히고 터득한 농사법을 가르쳐 주는데도 따르지 않았던 것이다. 젊었을 때, 우리 부부는 나이가 들면 공기 좋은 곳에 가서 농사를 지으며 살자는 말을 밥 먹듯 했었다. 쉽게 할 수 있는 일이 농사일인 줄 알았으니 얼마나 무지한 생각을 하며 살아왔던가.

어렸을 적 우리 집도 농사를 지었다. 그때는 농사일이 힘들다는 생각도, 곡식 귀한 줄도 모르고 살았다. 농사는 저절로 되는 줄 알았다. 오랜 경험으로 농사를 지어야 같은 작물이라도 이처럼 굵고 윤기가 흐르는 것인데 너무 생각이 모자랐었다.

널어놓은 서리태콩을 이리저리 저으며 친구를 생각한다. 이 서리태콩 맛은 친구의 마음을 닮아 있으리라. 평생을 고향을 지키며 농부로 살고 있는 착하고 믿음직한 친구가 정말 자랑스럽다.

2014. 11.

냄비에 서리는 얼굴

　　　　어설픈 신혼살림을 차린 집에 친구가 찾아왔다. 삼단으로 된 박스를 내려놓으며 냄비 세트라고 했다. 노란 양은 냄비였다. 단칸방 살림을 보이는 것이 창피했지만 어쩔 수가 없었다. 그 냄비를 참으로 요긴하게 썼다. 밥도 하고 찌개도 끓이고 졸임도 하면서 손잡이가 없는 솥은 밀쳐뒀다. 깊게 들어가 있는 연탄불 아궁이에서 손잡이가 있는 냄비를 꺼내기가 훨씬 편하고 만만해서다. 친구는 내 궁색함을 눈치챘는지 가끔 밑반찬도 몇 가지씩 만들어오고 또 재료를 가져와 조리법을 가르쳐주기도 했다. 지금까지도 친구에게 배운 반찬을 만들어 먹으며 그를 생각한다. 꼭 넉넉한 언니 같았다. 이것저것 챙기고 살펴주며 오가던 친구가 다음해 의사인 남편을 따라 이민을 가버리고 소식이 끊겼으니 다시는 만나지 못해 늘 그리며 살게 된다.

　그 시절에는 누구나 연탄불을 썼다. 처음 불 조절을 잘못해 툭하면 음식물이 끓어 넘쳤다. 그때마다 연탄불에선 독가스가 품어 나와 숨이 막혀 뛰쳐나갔고 냄비는 말할 수 없이 더러워졌다. 더구나 손잡이에 국물이 넘쳐 타버린 자국은 잘 닦아지지도 않았다.

　그 시절엔 골목길에 모여앉아 솥과 양은 냄비를 닦는 아낙들이 많았다. 한 집이 시작하면 너나 할 것 없이 그것들을 가져와 함께 닦는 정겨움의 자리였다. 골목 구석진 자리, 어렸을 적 빨래터를 닮았었다. 그들의 수다는 골목길에 웃음으로 번져갔고 여인들이 모여 스트레스를 풀어내는 장소였다.

그때만 해도 이웃들이 정으로 오가며 살았다. 서로가 닦을 것이 많은 집을 도와주며 직장일로 냄비를 닦지 못하는 우리 부엌의 양은 냄비까지 다 가져다 닦아놓는 이웃의 인심이었다. 언제나 일하는 나를 도와주려 애쓰는 그들의 마음이 늘 고마워 부침거리도 내어놓고 고구마도 사다가 주곤 했다.

그렇게 닦고 닦은 노란 양은 냄비는 분을 바른 새색시의 얼굴처럼 뽀얗게 변해갔다. 세월이 더 흐르면서 냄비마다 바닥에 구멍이 생기기 시작했다. 구멍이 날 때마다 알미늄으로 감쪽같이 때워다 주는 이웃들이 있어 그 냄비를 더 오래 사용하며 살았다.

그렇게 마음으로 오고 가던 마을을 안타깝게도 떠나는 날이 왔다. 계약해놓은 아파트가 완성되어서다. 정이 많이 든 곳을 떠나기 싫었다. 하지만 늘 집을 비우는 내겐 관리하기가 편한 아파트가 적격이었으니 눈물을 머금고 떠날 수밖에 없었다. 이웃 아낙들이 이삿짐을 꾸려주고 차에 실어 떠나보내면서 눈물을 훔치던 모습이 지금도 선하게 다가온다.

이사를 와서 부엌 살림을 풀다보니 새 냄비 세트가 나왔다. 까만색의 처음 보는 냄비였다. 그릇 안에서 쪽지가 나왔다. 새 아파트에 새 그릇이 필요할 것 같아 더럼타지 않는 까만 냄비를 여럿이 장만해 뚫어진 양은 냄비와 바꿔 넣었다는 사연이었다. 다시는 볼 수 없는 친구를 떠올리던 양은 냄비라 순간 당황스러웠다. 더구나 사라진 냄비가 친구를 다시는 만날 수 없다는 예언처럼 느껴져 한참을 멍하니 앉아있었다.

양은 냄비의 사연을 모르는 그들에게 무슨 말을 하겠는가. 오히려 나를 생각해 힘들여 닦지 않아도 될 냄비를 선물한 그 마음이 고마웠다. 나는 친구와 그들로 인해 냄비를 특별하게 여기는 마음이 어느새 마음속에 자리 잡고 있었다.

그 정들었던 마을을 떠나 온 지 벌써 오래다. 요즘도 그 까만 냄비를 사용하면서 그들이 그립고 보고 싶어진다. 그럴 때면 모든 것 밀쳐두고 달려간다. 아직도 그곳, 그들 속에 마음이 머물고 있어 달려가지 않고는 배겨낼 수가 없어서다. 어느 집이든 들어서기가 바쁘게 담 너머로 내가 왔다고 소리치면 금세 모여드는 사람들, 그들은 지금까지도 변함없이 이웃하며 살아간다.

화단에는 여전히 백일홍, 봉선화, 채송화가 가득 피었고, 수세미와 나팔꽃을 담 위로 올리며 예스럽게 살아가는 그들이 마냥 부럽다. 감자 몇 개를 삶아도, 옥수수 몇 자루만 있어도 함께 모여 먹어야 직성이 풀린다는 그들의 마음을 아는지 세상은 그 마을을 온전히 지켜주고 있다.

세월이 많이 흘렀건만 더럼타지 않고 끓인 음식이 잘 식지도 않는 까만 냄비는 가져올 때 그 모습이다. 꼭 그들의 마음을 닮은 냄비. 언제나 그리운 얼굴들을 떠올려 주며 나를 그들 곁으로 끌고 가는 마력의 냄비다.

2013. 10.

화이트데이

　　　　외손자 정현이가 선물을 건네준다. 화이트데이라 엄마, 누나와 함께 외할머니께도 드리고 싶어 사탕을 준비했다는 정현이는 중학교 3학년생이다.

　'화이트데이'는 지금껏 나와는 상관없는 날이었다. 그런 날에 선물을 받았다. 뜻밖의 선물, 더구나 외손자가 주는 선물이니 기쁜 마음 감출 수가 없다. 그동안 받아온 선물과는 의미가 아주 다른, 이 시대에 함께 숨 쉬고 있음을 느끼게 하는 선물이 아닌가. 외할머니와 외손자라는 끈으로 이어지긴 했지만 같이 살지도 않은 나까지 생각해주었다니 마음까지 설렌다.

　선물이란 묘한 마음을 이끌어낸다. 얼른 포장을 뜯어 사탕 한 개를 입에 넣었다. 사랑 가득한 손자의 마음이 가슴으로 녹아들며 미소를 머금는다. 이런 내 마음을 이야기하면 모두들 나잇값도 못 한다고 웃겠지만 뭐 대순가. 이 나이에 남편에게도 받지 못했던 화이트데이 선물을 외손자에게 받았다는 사실이 누구에게든 말하고 싶은 자랑거리가 아닐까.

　화이트데이가 사탕이나 초콜릿을 팔기 위한 상업성에서 만들어진 날이라고, 이해타산을 앞세운 상술이라고 누군가 말할 때 나 또한 공감했었다. 하지만 선물을 주고받는 마음은 그렇게 단순하지만은 않다는 생각이다. 화이트데이에 외할머니를 생각해낸 외손자의 마음이 가슴으로 촉촉이 파고들기 때문이다.

이 사탕을 사면서 어떤 생각을 했을까. 외손자는 어려서부터 마음 씀씀이가 남달랐다. 친할머니와 같이 살고 있어서인지 나이든 할머니들의 마음을 잘 헤아려서인지, 가끔 나를 감격케 했다. 외사촌 동생들에게도 제가 가장 아끼는 장난감을 만날 때마다 가져다주고 또 같이 놀아주면서 다독이는 다정한 형이기도 하다. 고등학교에 입학하고 난 뒤 제 엄마에게 준 편지를 읽으면서 참으로 잘 커주었구나 감동했었다. 엄마는 누나 때문에 새벽밥 하느라 고생을 많이 했는데 지금부터는 나 때문에 또 새벽밥을 지어야 하니 엄마가 너무 힘드시겠다면서 "그래도 엄마니까"라며 끝을 맺는 그 마음이 내가 생각했던 아이들과는 다르다 느꼈다.

나는 중학교를 다닐 때 10km나 되는 거리를 걸어서 다녔다. 그 먼 거리를 고생하며 다니는 나만 대단하다 여겼었다. 먼동이 트기도 전에 밥을 먹도록 준비하셨던 어머니께는 애쓰신다는 말은커녕 그 생각조차 해본 적이 없었다. 아니 지금까지도 못했던 생각을 어린 외손자는 벌써 애쓰는 엄마의 모습이 보였다니 나와는 너무 다른 마음을 지니고 있는 외손자가 대견하다.

오늘 사탕 맛은 생전 처음으로 맛보는 황홀한 맛이다. 화이트데이가 없었던들, 아니 손자의 깊은 마음이 아니었던들 어찌 이 나이에 오늘 같은 기쁨을 맛볼 수 있었겠는가.

외손자에게 살아가는 법을 배운다. 현시대에 어우러지면서 풋풋한 정을 나누며 크고 있으니 사랑스럽기만 하다. 우리와는 상관없다고, 젊은이들만이, 연인들만이 즐기는 화이트데이라고 치부해버리고 산 할미를 일깨워주는 선물이었다.

언제부턴가 편한 것만 추구하며 살고 있는 나를 발견하며 스스로 놀란다. 가족들 생일도 잊어버릴 때가 있을 만큼 무심하게 세월을 흘려보내고 있다. 손자 손녀들의 생일에도 무엇을 살까 고민하기가 싫어 제 어미들더러 선물을 준비해 달라는 부탁을 하곤 했었다. 그 선물에 담겨있는 마음이란 것이 더 중요함을 잊은 무덤덤한 할머니로 살았던 것이다.

우리 아이들을 키울 때 어린이날이나 생일이 다가올 때면 녀석들에게 줄 선물을 고르며 얼마나 즐거웠던가. 선물을 포장하면서도 아이들의 즐거워할 모습을 떠올리며 정말 행복했었다. 그런 삶을 언제부턴가 망각하고 사는 할미가 되었다.

오늘을 계기로 정현이의 생각에 걸맞는, 현 시대에 어울리는 할머니가 되겠다는 결심을 한다.

2012. 4.

꽃다지

　　따뜻한 봄볕이 좋아 뒤뜰로 접어든다. 어느새 노란 꽃을 피워 올린 꽃다지가 둔덕에 즐비하다. 추운 겨울을 잘 견디고 잎을 틔운 것도 장한 일인데 꽃대까지 쭉 뽑아 올려 노란 꽃을 피우고 있다.

　　겨우내 온돌방을 벗어나지 못하던 꼬마들이 봄 햇살에 이끌려 밖으로 뛰쳐나온다. 윗마을부터 아랫마을까지 동무들을 불러내 양지바른 담장 밑에서 소꿉놀이 준비를 한다. 사내 녀석들과 계집애들이 일을 분담해 산에서 나무를 해오고 들에선 나물을 뜯어 밥상을 차려 지나는 어른들까지 대접하는 소꿉놀이다.

　　소꿉놀이에는 쑥, 냉이, 달래는 물론 먹을 수 있는 나물은 절대 손을 대지 않는다. 그 시절 농촌에선 모두가 어렵게 살았기에 나물 한 뿌리도 살아가는데 보탬이 된다는 것을 우리들도 알고 있었다. 어른들이 본 체도 하지 않는 풀잎과 꽃다지만을 뜯어 반찬으로 썼다. 잎 끝이 둥글납작한데다 뽀얀 솜털을 쓰고 올라온 이름만큼이나 예쁜 꽃다지가 밥상에 오르면 모두들 손뼉을 치며 좋아했다.

　　그 시절 소꿉놀이에 쓰이던 그릇도 깨져 버려진 사금파리였다. 사금파리는 깨진 부분이 얼마나 날카롭던지 슬쩍만 스쳐도 손을 베었다. 주워온 즉시 돌로 다듬고 또 큰 돌에 갈아서 여러 종류의 그릇을 만든다. 그 하찮은 사금파리 그릇도 어머니들이 하듯 조심스럽게 다뤘다. 큰 것은 국을 담고 다음은 밥을, 더 작은 것들은 반찬을 담는다. 어디든 지나다가 깨진 그릇 한 조각이라도 보이면 누구나 치마폭에 싸들고 오는 정말 하찮은 것도 귀히 여기던 시절이었다.

개울물에 깨끗이 씻어진 모래알이 밥이 되고 국은 물에 풀잎을 띄우고 싱싱하고 예쁜 꽃다지는 반찬이 된다. 하얀 사금파리 그릇에 꽃다지를 뜯어 한 개도 올려놓고, 두 개, 세 개를 각각 올려놓고는 반찬이 푸짐하다며 호들갑을 떤다. 모두들 둘러앉아 맛있게 먹는 시늉을 하고는 많이 먹었다고 서로 남의 배를 두드려보며 얼마나 즐거워 깔깔댔던가.

온종일 담장 밑에선 동네 잔치를 벌였다. 상을 다시 차려 놓고 지나는 이마다 대접을 한다. 어른들도 우리들이 펴 놓은 자리에 앉아 몇 수저 뜨는 시늉을 하고는 '꼬마들이 해주는 음식이라 더 맛있게 먹었다'며 일어서는 어른들을 배웅하는 것도 잊지 않는다. 어른들은 누구나 푸짐한 대접을 받았다는 인사 뒤에 싸우지 말고 놀라는 당부를 하며 간다.

우리들 놀이에 흥을 돋아주기 위해 가던 길을 멈추고 우리 말에 따라주는 어른들이 고마워 몇 번씩 허리를 굽혀 답례를 했다. 어떤 할머니는 콩을 볶아오고 또는 대추나 밤을 가져와 소꿉놀이 하는 우리들의 간식을 챙겨주기도 했다. 정이 넘쳐나던 어린 시절이 어제인 듯 스쳐간다.

몇 년 전 봄이었다. 뒤뜰을 지나는데 잔디로 덮여있는 틈에서 파란 풀잎에 시선이 머물렀다. 꽃다지라 확인하는 순간 어릴 적 동무를 만난 듯 반가웠다. 씨앗이 어디서 날아왔을까. 지금껏 잔디만이 빽빽하던 둔덕에 새롭게 나타난 꽃다지가 반가웠다.

옆에 쭈그리고 앉아 들여다봤었다. 형제인 듯 잔디 틈을 비집고 두 포기의 꽃다지가 올라와 햇볕을 쬐고 있는 모습이 무척 다정해 보였다. 사람은 이토록 많이 변해 있는데 솜털이 나 있어 더욱 귀여움을 받던 꽃다지는 그때의 모습 그대로다. 그 모습에서 어린 시절 소꿉놀이하던 풍경이 다가오고, 단발머리의 꼬마들도 꽃다지 주변으로 모여들었다.

어린 시절의 소꿉놀이는 우리들에게 많은 것을 가르쳐 주었다. 서로 합심해서 돕고 나누며 깨진 그릇 사금파리까지 다듬어 쓰는 재활용의 지혜도 그 어린 시절부터 시작되었다. 어른들을 공경하고 배웅하는 예절 또한 소꿉놀이를 하며 자연스럽게 익힌 예절이다.

이른 봄이면 그 어디든 흙을 비집고 올라오는 꽃다지! 그 이름만 떠올려도 나는 벌써 고향으로 달려간다. 그런 정 때문인가? 봄이 되면 뒤뜰로 나서는 버릇이 생겼다. 꽃다지를 보기 위해서다. 그 꽃 주변에는 언제나 소꿉놀이 친구가 모여있고 어른들도 꽃다지처럼 그때의 모습 그대로다. 오직 달라진 것은 꽃다지를 바라보는 내 모습이다.

2015. 3.

눈비산

　　내가 태어나 자랐던 고향 갓바위마을 생일날이다. 식사가 끝날 무렵이었다. 꼭 만나고 싶었다며 내 옆으로 다가온 이가 있다. 어렸을 적 살았던 우리 집터에 새집을 짓고 사는 아무개라며 본인 소개를 했다. 그리곤 내게 보여주고 싶은 것이 있으니 우리 집에 함께 다녀오자고 해서 따라 나섰다.

　　"이 마을을 왜 떠나셨습니까?" 그는 몇 발자국 떼어놓더니 엉뚱한 질문을 한다. 하지만 내 대답을 듣고 싶어 한 말은 아닌가 보다. 말을 계속 이어가고 있다. 자기는 이 마을이 단번에 마음에 들어 정년퇴임하는 즉시 이사를 오게 되었단다. 멀리 마주보이는 눈비산도 아름답고 마을 앞으로 넓은 개울도 흐르고 있어 그 또한 마음을 움직였다고 했다. 또 야트막한 뒷산을 오르내리며 노후를 보내기 알맞은 곳이라 여겨졌다며 이 좋은 집터를 넘겨준 주인을 꼭 한번 만나보고 싶었다는 것이다.

　　어렸을 적 할아버지도 가끔 우리 집터가 좋다고 말씀하셨다. 나 또한 미술 숙제로 그림을 그릴 때 '눈비산'을 그릴 만큼 우리 집 마루에서 바라보는 그 산을 좋아했다. 마루에 서서 멀리 서쪽 하늘을 내다보면 세 봉우리가 예쁘게 솟아있고 그를 중심으로 양 날개를 시원스럽게 벌리고 있는 높은 앞산이 곧 눈비산이다.

　　눈이나 비가 그 산봉우리부터 시작된다고 해서 눈비산이라 부르게 되었다고 전해진다. 그 앞쪽엔 뒷산의 아름다운 봉우리를 가릴세라 몸을 낮춘 채 '나비산'이 중심을 조금 비껴 앉아있다. 보면 볼수록 멋진 그 산들을 늘 바라보며 유년 시절을 보냈다.

그의 집에 도착했다. 안팎으로 보기 좋은 정원수를 심고 화초를 가꾸어 놓았다. 그 솜씨만 봐도 모든 사물에 관심과 애정을 갖고 살아가는 사람 같았다. 지은 지 10년이 넘었다는 붉은 벽돌집도 새집처럼 정갈했다. 내가 살았던 집과는 그 생김새가 바뀌었지만 나무가 울창한 뒷동산과 눈비산이 여전히 한눈에 바라보였다. 주인은 이층 헛간에서 긴 나무토막을 들고 나와 내 앞에 내려놓았다. 새 집을 짓기 위해 집을 헐다가 마룻대에 새겨진 글을 보는 순간 이 집에 살던 누군가가 언젠가는 꼭 찾아줄 것 같아 '마룻대'를 보관하게 되었다고 했다.

"글씨가 아주 명필입니다. 정말 버릴 수가 없었습니다."

세상에! 나는 너무 감동이었다. 어떻게 이 긴 마룻대를 보관할 생각을 했단 말인가. 고향을 등지고 간 본 적도 없는 옛 집주인을 기다리고 있었다니 그저 고마웠다. 할아버지는 이미 돌아가셨지만 아버지라도 건강하셨으면 이번 기회에 꼭 모시고 왔을 터인데. 우리가 살던 집 마룻대를 보여드릴 수 없으니 두고 두고 후회로 남을 것 같다. 한해에 몇 번씩 고향을 찾았으면서 왜 내가 태어난 마을은 들르지 않았을까, 생각할수록 안타까웠다.

마룻대가 조금 상해있어 글씨가 더러는 흐릿했지만 한자 한자 더듬더듬 읽어 내려갔다. 상량식을 올리며 기뻐하셨을 할아버지의 모습이 스쳐갔다.

"소화 팔년 음력 시월 십삼일 정오 상량昭和 八年 陰曆 十月 十三日 正午 上梁"이라고 써 내려간 붓글씨를 읽을 수 있었다. 붓글씨를 잘 쓰셨던 할아버지의 필체라 생각하니 찡하니 그리움이 밀려왔다.

외아들인 아버지를 결혼시키면서 지은 집이었다. 할아버지가 살아계셔 마룻

69

대를 보고 또 새겨진 글씨를 보셨다면 그 마음이 어떠하셨을까. 어떤 방법으로라도 서울 집으로 가져가자고 하셨을 할아버지다. 어린 시절 우리 가족의 숨결까지를 머금고 있을 귀한 마룻대를 혼자서 보고 있으려니 할아버지와 어머니의 모습이 떠오르고 병환으로 누워계신 아버지께도 죄송하기 이를 데 없다.

더 딱한 것은 이 마룻대가 우리 가족에게 뜻있고 소중한 것임을 알면서도 가져갈 수 없으니 무슨 말로도 위로가 되지 않는다. 꼭 옛 주인에게 보여주고 싶어 지금껏 보관했다는 새 집주인, 옛것을 귀히 여기는 그의 인품에 머리가 숙여질 뿐이었다.

언젠가는 꼭 우리 7남매 모두 내려와 할아버지의 얼이 담겨 있는 귀한 마룻대를 함께 보면서 어린 시절을 추억해보고 싶다.

다음 갓바위 날에는 7남매 모두 모여 내려올 것을 마음으로 다짐하며 마룻대를 뒤로하고 눈비산이 바라보이는 옛집을 나선다.

그것도 내 탓이냐

거울 앞에 앉는다. 크림을 바르고 분도 발라 얼굴의 잡티를 숨기려 애쓴다. 잔주름도 가리고, 늘어진 피부도 감출 수만 있다면 모두 그렇게 하고 싶다. 바르고 두드리며 윤기 잃어가는 얼굴을 매만지다가 어렸을 적 나를 떠올린다.

어려서 나는 거울을 두려워했다. 아니 일부러 피했다. 거울을 보면 튀어나온 이마가 보여 속상하고 그와 연관되어 뒤통수도 상상이 되니 그 앞에 서는 것조차 싫었다. 오가다 거울에서 내 모습을 본 날은 온종일 그 환상에서 깨어나지 못했다. 모든 사람들이 내 뒤통수만 보는 것 같아 늘 조마조마했다. 그럴수록 튀어나온 뒤통수를 더 감추느라 헝클어진 머리를 더 쑤시고 다니려니 온 신경이 그리로만 가 있었다.

중학교 때 짝꿍은 그런 내 머리를 늘 빗어주면서 꼭 한마디씩 했다. 단정하게 빗으니 이렇게 예쁜데 왜 머리를 빗지 않고 다니느냐며, 너 때문에 내가 빗을 가지고 다녀야 하니 신경이 쓰인다며 내게 지청구였다. 그런 친구가 고마워야 하는데 내 약점이 드러나고 있으니 조금도 고맙지 않았다. 그렇다고 싫다는 내색도 못했다. 곱게 빗은 머리는 뒤통수를 더욱 두드러져 보이게 하니 헝클어진 머리가 그나마 마음 편했다. 하지만 그것조차도 내 마음대로 둘 수 없으니 더욱 화가 났다. 그렇게 뒤통수에 주눅 들어 살면서 누구를 만나든 얼굴에는 관심이 없고 머리통에만 신경을 쓰는 내가 되어버렸다.

그런 나를 보며 어머니는 놀렸다. 어미 탓 그만해라. 보이지도 않는 뒤통수가 뭐 대수냐? 그래도 얼굴은 곱상하니 고맙다 해야지. 얼굴까지 못생겼다면 네 등살에 내가 어디 살 수나 있겠니? 운동회 날 가서 보니 너보다 못생긴 아이들도 많더라, 면서 무엇이 그리 우스운지 허리를 못 펴고 웃는 어머니였다. 그럴 때마다 어머니가 미웠다. 그래서 더 억지를 부리며 다시 뒤통수를 만들어 내라고, 왜 나만 그렇게 못생기게, 이상하게 낳았느냐며 억지를 부리며 울었다.

내가 속상해 있을 때 할아버지는 조롱박을 가리키며 얼마나 예쁘게 생겼느냐며 네 머리통이 이렇게 예쁘단다. 네가 네 머리통을 볼 수 없어 예쁜 네 모습을 몰라 그렇게 생각하는 것이라며 위로를 해주셨다. 또 나온 뒤통수에는 지혜와 착한 마음이 가득 들어 있으니 너는 슬기로운 아이가 꼭 될 것이라며 어머니에게 고맙다는 생각을 늘 하고 살라고 하셨다.

그래도 마음이 놓이지 않으시는지 말씀을 이어가셨다. 누구나 마음씨 착하고 말 잘 듣는 아이가 제일이라고 하지 않더냐? 할아버지 눈에는 내 손녀가 제일 예쁘게 보인다며 머리를 언제까지나 쓰다듬고 계셨다. 하지만 그런 말을 들을수록 남들은 그렇게 생각하지 않는다는 생각에 내 마음은 더 뒤틀려갔다.

오늘은 이상하게도 어렸을 적 생각을 하며 그때 어머니처럼 웃음이 자꾸 나온다. 언제부터 거울 앞에 신경 쓰지 않고 앉아 있게 되었을까 생각하니 그 생각조차도 웃음이다. 아이 셋을 낳아 기를 때만 해도 납작한 뒤통수를 만들기 위해 갓난아기 때부터 온통 뒤통수에만 신경을 썼었다. 시간 날 때마다 머리통을 베개에 반듯하게 누이고 옆으로 돌리지 못하게 붙들고 앉아서 어디엔가 내 간절한 마음을 전하며 빌었다. 제발 내 아이는 뒤통수가 나오지 않게 보살펴 달라며, 마음을 다해 기도를 했을 만큼 나는 나온 뒤통수에 정신을 쏟고 살았다.

그러던 내가 요즘은 뒤통수가 나온 아이들을 보면 귀엽게 느껴진다. 아니 세월이 달라져 불룩 나온 뒤통수를 선호하는 세상이 되었다고들 한다. 가끔 미용실에서 뒤통수를 살려달라는 여인을 보면서 내가 현대에 태어났다면 얼마나 좋았을까 생각을 할 때가 있지만 다 지나간 일이다.

지금은 오직 윤기 잃은 얼굴에만 신경이 갈 만큼 내 눈에도 변화가 왔다. 언제부터인지 내 얼굴이 눈에 들어오기 시작했다. 어려서는 못난 뒤통수만 보였듯, 요즘은 탄력이 사라지고 있는 얼굴에 자꾸 신경이 간다. 서글픈 일이다.

어렸을 적엔 뒤통수가 나온 화풀이를 어머니께 다 풀며 살았는데 세월이 흘러간 지금은 그 어디에도 풀어볼 길이 없다. "그것도 내 탓이냐? 못된 것."이라며 크게 웃어주셨던 어머니가 더욱 그리워진다.

2013. 2.

개나리 동산

　　개나리 동산을 바라보며 30년을 살았다. 올봄도 변함없이 응봉산(개나리 동산) 가득 노란 개나리로 물들었다. 그 예쁜 동산을 더 가까이서 느끼고 싶을 땐 집을 나선다. 개나리 동산 정상에 오르거나 중랑천을 건너 언덕길에서 바라보며 그 숨결까지 느끼고 싶어서다. 이 동산은 바위와 개나리, 뒤쪽으로 아카시아나무가 서 있지만 개나리꽃이 피어날 때가 가장 아름답다.

　　정상에 올라서면 수도 서울 한복판으로 도도히 흐르는 한강이 눈앞에 펼쳐지고, 11시 방향에 잘 조성된 서울숲이 우리 집 마당처럼 다가온다. 한나절 걸어도 될 만큼 넓은 숲에는 언제나 사람들이 북적이고 동산에는 사슴들이 뛰어노는 모습이 보인다. 꼭 어렸을 적 뒷동산에 오른 기분을 맛보기도 하는 것이다.

　　또한 한강 너머의 꽉 들어찬 빌딩숲이 펼쳐지고, 예술의 전당과 코엑스, 잠실운동장까지, 그 안에선 어떤 경기가 벌어지고 있을까 상상도 한다. 더 먼 곳엔 관악산, 청계산, 대모산이 강남의 도시를 두 팔 벌려 안고 있으니 엄마 품인 듯 정겹다.

　　그뿐인가. 뒤를 돌아보면 멀리 북한산의 백운대와 인수봉이, 또 그 옆 가까이 불암산과 아차산이 엎드려 있으니 바라보는 것만으로 마음이 벅차오른다. 이 많은 것들을 한눈에 감상할 수 있는 응봉산이 우리 동네 보물인 전망대라 하겠다.

응봉산에서의 야경 또한 장관이다. 별빛처럼 공중에 무수히 떠 있는 가로등 불빛과, 자동차 행렬의 불빛이다. 더욱 마음을 설레게 하는 것은 물 속에 잠겨있는 불빛의 그림이다. 산사의 불빛을 닮아있는가 하면 미루나무처럼 길게 뻗은 그림, 대나무 숲을 이룬 불빛, 여인의 기도하는 모습도 그려있으니 그 신비로움에 눈을 뗄 수가 없다.

중랑천과 북한강의 물줄기가 만나는 곳도 이 응봉산에서 곧바로 내려다보인다. 그 삼각 지점에는 언제나 새들이 모여 들고 있다. 고기가 많아서인지, 그들도 넓고 많은 물이 좋아서인지, 떼를 지어 떠있는 모습이 장관이다. 어느 무리는 날아올라 응봉산을 돌아 멀리 날아가기도 하고 또 다른 무리는 날아와 꼬리를 치켜세우고 잠수를 하다가 하나같이 물을 거슬러 같은 방향을 향하고 있으니 그 또한 볼거리다.

가까운 거리에 내가 즐겨 찾는 곳이 또 있다. 중랑천을 끼고 있는 자전거 도로다. 깨끗하고 조용해 산책하기도 좋고 볼 것도 많아 그리로 향한다. 그 중랑천을 따라 거슬러 가다보면 갖가지 운동하는 자리가 마련되어 있는데 그 중 활을 쏘는 곳이 가장 눈에 들어온다. 그곳에선 사극에서나 볼 수 있던 활 쏘는 모습을 볼 수 있다. 그 옛날부터 활을 쏘던 궁터였다고 전한다. 그래서 조금 떨어진 곳의 돌다리를 '살곶이 다리'라고 부르지 않았을까?

그 옛날 중랑천에 돌다리가 전부일 때 얼마나 많은 사람들이 밟고 건넜던지 닳고 닳아 기름을 발라놓은 듯 매끄럽다. 그 돌다리가 건너는 초입에 옛날 모습 그대로 놓여 있다. 돌다리 받침돌이 한길은 되고, 받침돌과 건너지른 돌은 서로 깎아 끼워 맞췄다. 그 솜씨를 보기 위해 가끔 다리 아래로 내려가 살펴볼 때마다 감탄을 한다. 우리 조상들의 지혜와 우직스러움을 함께 느끼게 되는 돌다리가 보배처럼 여겨져서다.

처음 이사를 왔을 때 가까이 기찻길이 있다는 사실이 신기했다. 어려서 동경하던 그 기찻길을 베란다에서 바라볼 수 있으니 그저 우리 동네가 좋아보였다. 하지만 옛날 기차의 기적소리가 생각나 우리 아이들 공부에 지장이 있을까 걱정도 되었다. 그러나 며칠을 지나도 기적소리는 들리지 않았다. 알고 보니 기차가 아닌 전동차였다. 날마다 수없이 미끄러지듯 들어오고 떠나는 모습을 보면서 걱정은커녕 여행을 하고 싶은 충동이 일었다. 내 마음을 알았을까 점점 역이 늘어나더니 요즘은 문산에서 용문까지 연장되었다. 또 그 선에서 한 번만 갈아타면 춘천 소양호에도 갈 수 있으니 훨씬 여행할 곳이 많아진 셈이다.

　늘 기찻길을 내려다보면서 마음으로 여행을 떠날 때가 많았지만 이제는 나서기도 주저치 않을 것이다. 팔당에도 다녀오고 양수리 세미원에도, 또는 용문사도 다녀오는 즐거움을 누릴 것이다.

　개나리 동산을 바라보며 30년을 사는 동안 참으로 바쁜 날들이었다. 기적 소리 때문에 공부에 방해가 되지 않을까 걱정을 했던 우리 아이들도 무사히 공부를 마치고 직장을 얻어 집을 떠났으니 이제는 나만을 위해 살고 싶다. 앞으로의 내 삶 또한 개나리 동산을 마주하며 즐거운 마음으로 살아갈 것이다.

2015. 봄.

농촌만을 지키던 농부

　　부보^{訃報}를 받은 손이 떨려온다. 얼른 남편에게 건네니 그이도 들여다보면서 말이 없다. 보름 전에도 그는 우리 집에 감자 박스를 가져다놓고 갔었다. 해마다 약속이라도 한 듯 이맘때면 감자를 메고 와 은구비 마을의 소식을 전해주던 문씨다. 남편도 그가 오는 날이면 열 일 다 제쳐놓고 술을 같이하며 그곳의 소식 듣기를 좋아했다. 그렇게 소식을 전해주며 왔다 간 지 얼마 안 되는데 비보라니! 삼사십 대보다도 더 건강해보이던 그, 겨우 칠십을 넘기고 일을 사랑하던 농부가 떠난 것이다. 지난번 왔을 때만 해도 그는 건강해 보였다. 올 가뭄에 이렇게 굵은 감자를 생산해 냈느냐며 놀라는 남편에게 날마다 물을 길어다주며 부지런을 떨었더니 식물도 마음을 알아 주더라며 웃었다. 미련스럽다 하리만치 일밖에 모르던 사람이었다. 그가 사는 마을에 우리가 집을 장만했을 때도 윗마을에 산다며 짐도 풀기 전 들른 사람이 바로 그였다. 그는 십년지기라도 되는 듯 날마다 애호박, 오이, 상추를 뜯어와 농촌에는 푸성귀가 많으니 언제나 뜯어다 먹으라고 자기네 밭을 가리키며 일러주던 정 넘치는 사람이었다.

　그는 일할 때가 가장 행복하다고 입버릇처럼 말하던 진정한 농부였다. 그곳을 떠난 지 몇 해가 되었는데도 우리가 생각난다며 굵은 감자와 채소를 가져오곤 했다. 고구마를 캐면 또 오겠다는 말을 남기고 돌아갔었는데, 그 여운이 가시기도 전에 비보가 날아든 것이다.

우리 집에 들렀던 날도 주문한 오이, 가지, 풋고추를 몇 십 박스 넘겨주고 짭짤한 수입을 올렸다며 아이처럼 어깨를 으쓱거리며 왔었다. 연락도 없이 불쑥 나타나는 그는 언제나 우리 시골집을 드나들 때처럼 왔어유, 하며 들어섰다. 야박한 세상에 물들지 않은 사람이었다. 그가 오는 날을 은근히 기다렸는데 그 즐거움이 사라져버렸다고 남편은 한숨짓는다.

꾀부릴 줄 모르고 나름의 연구를 하며 파종 시기도 남들과 달랐고 가꾸는 것 또한 빈틈없이 온 정성을 다하니 작물의 때깔부터 다르다는 마을 사람들의 칭찬이 자자했던 사람이다. 오직 농촌밖에 모르는 일꾼을 데려가다니 하늘도 무심하다 여겨졌다.

다음날 훤히 밝아올 때 집을 나섰다. 달려가는 내내 남편은 아까운 농부를 잃었다며 애통해했다. 그 많은 일과 힘든 일을 하면서도 자리에 들기 전, 지난해와 올 농사를 지으며 겪은 차이점을 일일이 적어 명년에 더 나은 수확을 위해 연구를 한다는 농부였다. 농사일에는 씨앗 뿌리는 일이 중요한데 매년 기온이 다르니 그 시기를 가늠하는 일이 가장 어렵더라고 하며 이제 겨우 터득하는 중이라는 말도 했었다. 농사를 제대로 짓는다는 일이 그토록 어려운 것인데 우리가 텃밭을 가꾸던 일을 생각하면 낯이 뜨거워진다는 남편이다. 그가 나름의 연구를 한 귀한 자료를 전수하지 못하고 떠났을 것이니 더욱 안타깝다며 달려가는 내내 남편은 문씨 이야기뿐이었다.

술자리에서 늘 한 말이지만 그의 말 한마디 한마디에는 농사일을 하며 얻은 지혜가 줄줄이 엮여 나왔다. 그뿐인가. 도매상에선 문씨네 물건을 확인하지도 않고 가져간다니 얼마나 믿음직스런 농부였던가.

지난번에는 마지막을 예언이라도 한 듯 처음으로 자기 자랑을 했었다. "저두 농사짓는 일에는 박사에유, 박사가 별거간디유? 적은 농토에서 소출을 많이 내

면 그것이 박사 농부지유. 일벌레면 어떠유, 일하는 즐거움으로 사는데유. 곡식
이 열릴 때나 거둬들이고 나서 바라보면 가슴이 터질 것 같이 기뻐 눈물이 나와
유. 그 기분을 모르는 사람들이 불쌍하지유. 내가 키운 농작물 값이 헐하다고 세
월 탓할 것 없어유. 부지런히 나부대면 많은 수확을 얻고 또 돈이 되는데유, 뭐."
철학이 담긴 말을 시처럼 읊었었다.

　마을 입구 다리를 건너는데 멀리 그의 집 앞에 많은 사람들이 모여 있었다.
그리로 달려갔다. 어떻게 된 일인지 상여는 보이지 않고 그가 타고 다니던 경운
기에 흰 천이 덮인 채 대문 앞에 놓여 있었다. 조금 있으니 통곡 소리가 들리고
흰옷을 입은 이들이 관을 들고 나와 경운기 위에 올려놓는다.

　곧이어 노제를 지내는데 일가친척은 물론 마을 사람 모두가 둘러서 잘 가시
게, 라며 절을 한다. 우리도 마지막 인사를 하고 통곡하는 부인을 보려니 참았던
눈물을 주체할 수가 없었다. 상제들의 곡소리와 마을 사람들의 슬픔을 간직한
채 경운기는 천천히 뒷산을 향해 떠나갔다.

　만장기 하나 앞서지 않고 요령잡이의 구슬픈 만가도 들리지 않는 장례식이
다. 오직 덜컹거리는 경운기를 따라가며 가족들과 마을 사람들의 울음소리만
메아리쳐오는 골짜기!

　농촌을 굳건히 지키며 사랑하던 당찬 농부 한 사람이 떠나가는 모습이다. 세
상 그 아무것에도 물들지 않고 농촌을 지키며 정성으로 농사를 짓고 살았던 소
박한 농부가 세상을 이별하는 장면이다. 누구의 죽음보다 더 우리의 가슴을 울
려주면서 그는 떠나갔다.

2015. 7.

봄바람에 실려 온 초대장

초대장이 날아왔다. 독창회 초대장이다.

"다섯 살 꼬마가 할머니 손 꼭 잡고 남산 길을 올라 서울 중앙 방송국에서 '애기노래회' 활동을 시작했습니다. 그를 기점으로 소녀가 되고 여인이 되고 또 반백이 되도록 그 길을 걸어왔습니다. 오랜 세월 지켜봐 주신 모든 분들께 감사와 사랑을 담아 이번 음악회 '옛 동산에 올라'를 준비했습니다. 늘 노래 부르면 시간 가는 줄 모르고 혼자 놀던 어릴 적 같이 지난겨울 연습하고 준비하는 동안 참 행복했습니다."

초대장과 함께 온 사연을 읽으며 교수님과 함께했던 지난날들이 고물고물 피어오른다. 우리와 헤어진 지 25년이 된 음악 교수님의 초대장이다. 평생교육원에 가창반이 개설되어 처음 들어오셨던 교수님, 음성도 모습만큼이나 곱고 말 한마디 한마디가 노래를 듣는 듯 감미로웠다. 첫 학기부터 우리들과 음악 연주회도 뮤지컬도 같이 다니기를 원하셨으니 내게는 새로운 세계를 접하는 계기가 되었다.

음악 수업이 있는 날은 서둘러 집을 나섰다. 교문을 들어서면 교정을 걷는 교수님의 모습이 보였다. 멀리서도 알아보고 손짓으로 우리를 불렀다. 흙을 밟고 싶어 일찍 온다며 함께 걷자고 했다. 서울 한복판에 흙으로 된 오솔길이 있어 더욱 오고 싶은 곳이라며 시작종이 울릴 때까지 걷고 또 걸으며 많은 이야기를 해주셨다.

수업이 시작되면 가곡 한 곡을 선택해 발성 연습을 했다. 매시간마다 70여 명중, 노래 부르는 입 모양이 좋은 수강생과 자세가 바른 수강생을 교단에 세워놓고 그들을 보면서 연습을 하게 했다. 발성 연습은 가곡을 주로 불렀다.

어버이날에는 '어버이 은혜', 스승의 날에는 '스승의 은혜'를 수강생들과 함께 불렀다. 스승의 노래를 부를 때는 수강생 모두가 학생 시절로 돌아간 듯 더욱 신나게 소리쳐 불러도 되는 시간이었다. 하지만 어버이날에는 의외로 선생님이 먼저 울먹여 모두를 울리던 감성이 남다른 분이기도 했다.

수강생 모두가 좋아했던 교수님인데 3년을 겨우 마친 어느 봄날이었다. 모 대학으로 가게 되어 여러분과 이별하게 되었다고 느닷없는 헤어짐을 알렸다. 자신도 이렇듯 빨리 마지막 수업이 될 줄 몰랐다며 수강생들보다 더 안타까워 울먹였다. 교실은 별안간 울음바다가 되었고 어디서 시작되었는지 스승의 노래가 울음 속에 섞여 함께 울었던 때가 엊그제 일처럼 스쳐간다.

노래는 물론 뮤지컬과 연극, 음악 연주회를 함께 다니면서 수업의 연장이라고, 또 문화 생활은 생활의 일부가 되어야 한다며 우리를 일깨워 주시던 교수님이다. 그뿐인가. 그늘진 곳을 찾아 노래로 봉사를 다니며 언제까지나 함께 하리라 믿고 있는 수강생들에게 이별 통보는 청천벽력이었다.

교수님은 우리를 떠나셨지만 20여 명의 친구들은 지금도 만나고 있다. 만날때는 언제나 그때처럼 음악회나 뮤지컬을 보는 날로 정해있다. 모두들 교수님의 말씀을 지금도 실천하는 착한 제자들이라 자칭하며 너스레를 떨다보면 어느덧 해가 저문다.

독창회 초대장은 교수님을 만난다는 기쁨이 더 컸다. 모두들 너무 뜻밖이라일이 손에 잡히지 않는다며 기쁨을 감추지 못한다. 선물을 같이 준비하자고도,

모여서 연주회에 함께 가자며 벌써부터 마음이 들떠있다. 그때 음악 수업을 받았던 친구 중 연락이 두절되었던 이들의 전화도 받게 되었으니 더욱 그날을 손꼽아 기다리게 된다.

교수님이 너무 좋아 음악까지 사랑하게 되었던 우리들, 노래 부르며 보냈던 그 시간이 우리 생애 가장 행복했었다는 말들이 지금도 오갈 만큼 그 시절은 꿈에 부풀어 있었다.

음악 교수님의 초대장이 가뭄의 단비처럼 우리들의 마음을 적시고 있다. 전화를 타고 오는 소리에도 생기가 돌고 무엇이 그토록 마음을 즐겁게 하는지 웃음도 헤프고 말도 많아진 친구들이다.

봄바람에 실려 온 초대장의 힘, 아름다웠던 25년 전 음악 시간으로 우리들을 고스란히 데려다 놓았다.

2015. 4.

3부

화초를 가꾸듯

그 어른들의 사랑을 듬뿍 받으며 살아왔으니 우리 아이들에게도 그 무한한 사랑을 돌려주어야 하는데 그러질 못한다. 어른들이 떠난 그 자리에 내가 서 있다. 하지만 손자 손녀들에게 나는 무엇을 주고 있는지 돌아보게 된다.

장애물을 뛰어넘듯

"생신을 축하드립니다. 외할머니! 항상 저를 응원해 주시는 것 잘 알고 있습니다. 실망시켜 드리지 않고, 스스로 후회되지 않게 공부 열심히 하겠습니다."

길게 써내려간 글 중, '스스로 후회되지 않게'라고 적은 한마디가 큰 감동으로 다가왔다. 얼마나 고마운 다짐인가. 입시생의 가장 힘든 해를 잘 견뎌내자고 자신에게도 타이르는 말일 게다. 크는 키만큼이나 생각도 함께 자라고 있으니 대견하기 그지없다.

외손자 정현이는 고등학교 1학년 때까지도 운동만을 좋아했다. 책상에 5분을 앉아있지 못하니 앞으로 걱정이라며 제 어미는 애를 태웠다. 하지만 세 살 때부터 운동 신경이 남다른 아이였다. 잠시 우리 집에 올 때도 책을 제 엉덩이 높이로 몇 군데 일직선으로 쌓아놓고, 뛰어넘기를 즐기던 꼬마였다. 제 또래는 한 번도 넘지 못하는 장애물을 한달음에 뛰어가며 넘어버리니 모두들 운동 신경이 남다르다며 놀라곤 했다.

자랄수록 그 끼는 더해갔다. 손에는 언제나 운동 기구가 들려있었다. 방 안에서도 공을 던지고 굴리며 놀다가 언제나 학교 운동장으로 내달았다. 무슨 운동이든 시작하면 캄캄해도 집에 들어올 줄을 모를 만큼 운동은 싫증도 지치지도 않는 아이였다.

운동 중에도 골프에 더 소질이 있었다. 녀석이 초등학교 5학년 때 제 어미를 따라 미국 오리건주에 가서 살 때였다. 그곳에는 골프장이 가깝게 있어 딸네 식구가 모두 골프를 하고 있었다. 학교가 파하고 나면 그리로 달려가기에 우리 내외도 한 달 동안 있으면서 따라다녔다.

가족 중 어린 정현이가 제일 잘 쳤다. 시작한 지 1년쯤 되었다고 하는데 그토록 힘들다는 홀인원을 우리가 있는 동안에도 두 번이나 날렸다. 치는 모습을 보는 사람들도 공을 칠 때마다 저 작은 체구에 그 큰 힘이 어디에서 나오느냐며 감탄들을 했다. 박수갈채는 물론 골프장에서 주는 상패까지 받아왔다.

한국으로 돌아오니 정현이의 성적은 말이 아니었다. 제 어미는 학업에 취미를 붙이도록 온갖 방법을 다 동원해 가르치려 애를 썼다. 그러나 본인이 공부에는 관심조차 없고 운동에만 열중하고 있으니 다른 방법이 없었다. 딸도 마음을 접고 아들과 의논을 했다. 본인이 꼭 하겠다는 골프를 전공시키기로 마음을 굳혔던 것이다. 그나마 다행인 것은 돌아와서도 정현이는 골프를 계속하고 있었다. 딸은 준비를 시작했다. 우선 한 학기 휴직을 얻어 미국으로 같이 건너가 있을 곳과 학교, 또 골프까지 치도록 만반의 준비를 해놓고 돌아올 작정으로 마음을 정하고 있었다.

떠날 날이 다가오자 정현이는 느닷없이 가지 않겠다고 엉뚱한 소리를 했다. 입시까지 2년이 남았으니 공부를 해보겠다고 선포를 한 것이다. 가지 않겠다는 말 한마디 던져놓고 수업이 끝나면 곧장 독서실로 향했고 밤 1시가 넘어야 돌아왔다.

공부에 취미라곤 없던 아이가 며칠이나 버틸까 싶어 딸은 잠시 두고 보며 기다렸다. 한 달쯤 지켜본 뒤 다시 결정하겠다는 것이 벌써 1년이 넘었다. 다부지게 각오를 한 듯 모든 행동이 달라졌다. 자고 나면 학교와 독서실밖에 가는 곳이 없었다. 성적도 눈에 띄게 올랐다.

아직도 7개월을 더 입시 공부를 해야 하는 정현이! 누구나 한번은 겪어야 할 과정이지만 중, 고등학교의 과정을 단 2년에 해내려니 얼마나 더 힘들겠는가. 제 어미가 입시생이었을 때도 이처럼 걱정되지는 않았었다. 꾸준히 해왔다면, 아니 1년만 더 일찍 서둘렀어도 덜 힘들었을 입시 공부를 몰아서 하고 있는 정현이가 안쓰럽다. 하지만 '스스로 후회되지 않게'라고 다짐한 말이 내게는 합격의 소식만큼 기쁘다.

3살 때도 제 또래는 절대 넘지 못하는 장애물을 거뜬히 뛰어넘지 않았던가. 마음 다잡고 열심히 공부하고 있으니 입시의 장벽도 거뜬히 뛰어넘을 것이라 믿는다.

2015. 3.

소년 정비공

　　기다리던 차 정비공이 도착했다. 고등학교 저학년으로 보일 만큼 앳되고 선해 보이는 소년 정비공이다. 그를 보는 순간 남편은 어이없는 표정을 한다. 자신이 한나절 고치려고 애를 썼는데 못 고친 자동차를 고치겠다고 어린 소년이 왔으니 한심한 모양이다. 하지만 그는 차를 한번 훑어보고는 즉시 운전대로 가서 핸들을 잡는 폼이 의젓했다. 시동을 몇 번 걸어보고 또 걸어보더니 자기 차로 가서 연장주머니를 옆구리에 차면서 다시 온다. 벌써 고장 난 곳을 알아냈는지 앞 트렁크를 열어젖힌다. 수리를 시작하는 손놀림이 예사롭지 않다. 허리를 굽힌 채 이리저리 움직이며 어린이들이 장난을 하듯 기기들을 풀었다 조이기를 수없이 반복한다. 그리곤 구석진 곳에서 작은 부속품 하나, 또 조금 떨어진 곳에서 또 하나를 빼내더니 주머니에서 새것을 찾아 그 자리에 끼워놓고는 다시 운전대에 올라앉는다. 시동을 몇 번 더 걸어본 뒤 남편을 보며 운전을 해보란다. 차를 고친 모양이었다. 남편은 말없이 시동을 걸어 확인하고는 차를 몰고 한 바퀴 돌아온다. 만족한 표정으로 내려 그에게 다가가 악수를 청한다. 언제 그 어려운 기술을 배웠느냐고 머리를 쓰다듬어주면서 크게 성공하겠다는 말까지 덧붙인다. 어지간히 그 소년이 마음에 들었나 보다. 차를 고쳐준 기쁨보다 그 나이에 기술을 잘 익혔다는데 더 의미를 두는 것 같았다.

　　오늘 아침나절이었다. 차를 너무 오래 세워두었다면서 한 바퀴 돌아오겠다고 나간 남편이 차가 시동이 걸리지 않는다며 들어왔다. 연장을 찾아들고 나가기에 공연히 애쓰지 말고 수리공을 부르라고 했지만 모처럼 내 솜씨를 발휘해볼 것이라고 큰소리치면서 나갔다. 시간이 꽤 흐른 뒤에 들어오기에 고쳤느냐고 물으니 옷만 더럽혔다고 볼멘소리를 했다.

남편은 고등학교 다닐 때부터 차 수리를 하게 되었단다. 큰형님 댁이 차 수리 공장을 시작한 터라 학교에 다니면서도 기술을 배워야 했다. 그 시절이야말로 자동차를 만들 줄 몰랐으니 미군들이 타다가 버리고 간 차를 수리해서 많이들 사용했다는 것이다. 헌 차를 굴리니 고장이 자주 났다. 더구나 도로가 포장되지 않은 자갈길이 많아 차는 더 쉽게 망가졌다. 막 시작한 공장이지만 일거리가 끊임없이 들어왔다. 하지만 정비공이 귀했으니 기술자를 구하기가 힘들었다.

강원도에 사시는 둘째 형님이 막 시작한 큰형님의 공장을 도우려 애를 썼다. 본인 전공을 살려 자동차 부속품 하나를 연구해서 즉시 편지에 그림까지 그려놓고 만드는 법을 상세히 적어 보내기를 계속했다. 넷째 동생인 남편은 모든 것이 갖추어진 공장에서 형님이 연구해서 보낸 부속품 하나하나를 밤을 새워 만들었다. 그러다가 고장 난 차가 들어오는 날은 예습과 복습을 실제로 하게 되니 자동차 만드는 기술을 자연스럽게 익혔다고 했다. 대학을 다니면서도 방학 동안은 내려와 그 일을 도왔다. 아버지는 돌아가셨고 큰형님이 학비와 하숙비를 마련해주고 있었으니 온 정성으로 공장 일을 도우며 고마움을 표했다는 것이다.

벌써 60여 년이 된 일이다. 그때 아무리 기술이 출중했다 하더라도 그간 한 번도 차를 고쳐본 적 없는 남편이다. 더구나 지금은 세계 최고임을 자랑하는 우리나라의 자동차 기술이 아닌가. 그때의 기술로 현대의 차를 고치겠다는 생각은 무리였다. 하지만 남편은 자기 기술이 녹슬었다며 마음이 편치 않은 모양이다. 그런 그가 어린 정비공의 솜씨를 보고 나더니 어렸을 적 자신을 본 듯하다며 그가 인사를 하고 차에 올라 사라질 때까지 두 손을 흔들어 보이며 눈을 떼지 못한다.

결혼을 하고 마산에 있는 시집으로 첫인사를 갔을 때의 일이다. 공장 뒤에 살림집이 있었다. 마당을 사이에 두었지만 늘 기계 소리가 시끄러웠다. 이런 곳에서 어떻게 공부를 해서 진학을 할 수 있었는지. 더구나 그 힘들고 험한 일을 거들면서… 공장이 문을 닫은 깊은 밤이라야 들어와 발을 찬물에 담그고 입시 준비를 했다는 말을 시어머니에게 여러 번 들었지만 그때는 별생각을 하지 못했다. 막상 와서 보니 시끄러운 기계 소리와 꺼먼 기름기가 덮인 현장 분위기를 보면서 시어머님이 마음 아파하시던 말씀을 늦게나마 헤아리게 되었다.

시댁이라 긴장이 되었는지 새벽 일찍 잠이 깼다. 처음 온 집이라 무엇을 해야 하는지 몰라 공장 주위를 돌고 있는데 어느새 나왔는지 공장 안에서 남편이 손짓을 했다. 밥을 하고 있는 이가 공장에서 대장장이 일을 하는 사람이라 했다. 그때 중학교에 다니는 아들과 단둘이 살았는데 자기도 아버지처럼 대장장이가 되겠다는 말을 하더라고 했다. 남편은 그 소리를 듣는 순간부터 무심할 수가 없었다. 하루는 그 아이에게 아버지의 직업도 좋지만 앞으로는 자동차 기술이 더 좋은 직업이 될 것이라 일러주었다. 그리곤 기술을 가르쳐주겠다고 했단다.

그 뒤 틈틈이 기술을 가르쳐 주었는데 꾀부리지 않고 가르치는 대로 얼마나 열심히 잘 따라 하는지 재미가 있었다는 것이다. 공부하는 것도 도와주고 시간이 흐를수록 자기가 아는 것 모두를 가르쳐주고 싶었단다. 그가 고등학교를 졸업하기 전 차 정비공의 자격증을 따놓고 방학에 내려올 자기를 기다렸다가 보여줄 때 내 일처럼 기쁘더라고 했다. 잠시 그때를 떠올리는 듯 흐뭇한 표정이었다.

나 또한 오늘 우리 차를 수리해주고 간 능숙한 솜씨의 그 어린 정비공을 잊을 수 없을 것 같다. 요즘처럼 힘든 일은 하지 않으려는 세상에서 기술을 일찌감치 배웠으니 그 누구보다도 앞날이 보장되어 대성하리라 믿어진다.

아직 소년티를 벗지 못한 어린 정비공, 그를 통해 남편의 소년 시절을 알게 되었다. 그는 고장 난 차만 고쳐주고 간 것이 아니라 남편의 씁쓸했던 마음도 말끔히 씻어주고 갔다. 아니 내 마음속에도 그 당당한 숙련공의 모습을 깊숙이 심어놓고 돌아갔다.

2014. 8.

큰 선물

　　　큰 선물이다. 한 번 본 것으론 마음을 채울 수 없었다. 한데 그 프로그램을 이틀에 걸쳐 다시 방영한다는 소식이다. 이보다 좋은 선물이 또 있을까. 하루하루 미룰 수 없는 일이 산적해 있지만 이 시간만은 나만을 위한 시간으로 마냥 즐기고 싶다. 마음을 기쁘게 하는 프로그램이 있다는 사실만으로 가슴이 벅차다. 식사시간도 잊을 만큼 한순간도 놓치고 싶지 않은 시간이었다.

　지난해 우연히 TV를 보게 되었다. "K팝스타3 오디션" 프로그램이 진행되고 있었다. 처음은 지금처럼 올인하지는 않았다. 회가 거듭될수록 점점 빠져들게 되고, 그 시간을 기다리게 되었다. 이 프로그램을 처음 보았을 때도 참가자들의 음악성에 감탄을 하면서 내가 더 즐거운 시간이었다.

　이 프로그램을 보고 있노라면 어릴 때부터 작곡의 천재라 불리던 모차르트가 떠오른다. 출연진 거의 초중고를 다니는 나이 어린 친구들이 많기 때문이다. 그 나이에 작사와 작곡, 편곡, 아니 노래까지 멋지게 불러 듣는 이를 놀라게 한다. '시계 모양이 동그란 게 참 우스운 것 같다/ 10대는 빨리 자라 어른이 되고 싶고/ 20대는 교복을 입던 시절로 돌아가고 싶다'며 '찍찍' 학생이 버스에 오르는 시늉을 할 때는 그 재치에 감탄이 절로 나온다. 일주일 동안에 가사와 작곡, 기타나 피아노로 반주와 화음까지 맞추고 있는 실력들이니 칭찬을 아무리 해도 모자람이 있다.

동그란 시계가 우리 집에도 여러 개 있다. 아니 날마다 수없이 시간을 보면서 한 번도 동그란 시계가 재미있다, 우습다 생각을 못했다. 많은 날 글을 써 온 나다. 어린아이들의 상큼한 가사를 읽을 때마다 자신을 돌아보며 부끄러워진다. 얼마나 신선한 착안이며 표현들인가.

오늘따라 앳된 소년의 기타 반주에 맞춰 부르는 노래가 사람의 마음을 감동으로 몰아간다. 젊었을 적 비틀즈나 흑인 가수들이 기타 반주에 맞춰 춤과 함께 흥겨운 노래를 부르던 모습을 보았을 때처럼 신바람을 일으켜주는 출연자가 중 3년생이라고 한다. 그들이 마음껏 날아오를 수 있는 무대가 마련되어있는 세상에 살고 있으니 큰 축복이다. K팝스타3 오디션에 출연한 이들의 노래지만 끼와 감성, 재능과 신선함까지…. 들었던 방송을 다시 들으면서도 들을수록 빠져들게 하는 끼 넘치는 재주꾼들을 다시 볼 수 있으니 이보다 감사한 일이 또 있겠는가.

심사 또한 출연자들의 자질을 인정해주고 단점을 하나하나 지적하고 보완해준다. 심사위원들의 진심 어린 충고와 평을 듣고 있으면 내 마음도 따뜻해진다. 그뿐일까. 참가자들이 무대에 올라 재치 넘치는 춤과 노래를 부를 때는 심사위원들도 냉정을 잃고 어깨를 들썩이며 무대에 선 출연진과 한마음이 되어 한 편의 뮤지컬을 만들어내고 있다.

하지만 언제나 즐거운 것만은 아니다. 정신줄을 놓을 만큼 극적인 한방이 없어 노래의 맛이 없다는 평에서는 내 글을 보고 하는 말같이 들려 가슴이 뜨끔해지기도 한다. 은은한 미소를 떠올리게, 슬픔은 더욱 슬프게, 몰입하여 빠져들게 하는 힘, 색깔 있는 음색, 표현 방법 등 갖가지 평을 들으며 글을 쓰는 나로서는 깨닫는 것이 많다.

불과 칠팔 개월 남짓한 동안 무섭도록 발전해가는 어린 출연자들의 노래와 춤, 혼신의 힘을 다해 반주하는 모습을 보면서 나는 마음껏 박수를 보낸다. 참가자들의 끼와 무한한 잠재력을 찾아 북돋아주는 지혜로운 심사평이 있기에 그들이 하루가 다르게 발전하는 것이리라.

내 아이들을 기르면서 많은 일이 있었다. 딸아이가 6살에 피아노를 시작해 초등학교 6학년 말에 그만두었다. 그때 오랜 세월 딸을 가르치던 피아노 선생이 더 나은 선생님이 필요하다고 해 몇 곳을 소개받아 찾아갔었다. 가는 곳마다 마음의 부담만 떠안고 돌아오며 세상이 무너짐을 느꼈다.

결국 과학자가 되겠다는 딸아이의 선포에 말리지도 못하고 주저앉아버렸다. 오랜 시간의 정성과 노력이 수포로 돌아가는 순간이었다. 차라리 잘 되었다고 마음을 달래면서도 오랫동안 충격에서 벗어나지 못했었다. 품격 있는 심사위원들의 평을 들으며 맘껏 커가는 지금의 아이들을 보노라니 마음 쓰렸던 추억들이 자꾸 되살아난다.

출연자의 재질과 노력이 우선이지만 실력 있는 스승의 충고 한마디가 더 중요하다는 생각을 해왔다. 이 프로그램이 아니었다면 개인적으로 좋은 스승을 만나 음악인으로 커갈 수 있는 뼈아픈 충고를 그 어디서 들어볼 수가 있겠는가. 한마디의 지적이 출연자들에겐 큰 힘이 되고 길잡이가 될 것이다. 불과 몇 개월 동안에 그들의 무서운 발전을 보면서 내 일처럼 기쁘고 보람을 느낀다. 명약이 되는 뜻있는 심사평을 들으며 자신들이 음악인으로 성장할 힘을 얻었을 것이라 여겨진다.

이처럼 음악을 사랑하고 꿈을 키우는 어린 친구들이 많다는 사실은 다가올 미래를 밝게 비춰줄 빛이 아닐까? 올해는 지난해보다 더 재능 넘치는 어린 참가자들이 많이 출연하고 있다. 앞으로 어린 출연자들이 마음껏 꿈을 이루게 하

는 장수 프로그램이기를 바라는 마음 간절하다. 내게도 새로운 음악을 들으며
즐길 수 있는 시간이 지속될 터이니 이보다 큰 선물이 또 있겠는가.

2014. 3.

화초를 가꾸듯

  습작해놓은 글이 걱정되어 컴퓨터 앞에 앉는다. 겨우 두 번을 읽는데 글씨가 흔들리기 시작한다. 내 시력이 여기까지라고 시간을 알리며 그만하라는 신호를 한 것이다. 마음에 차지 않는 글을 이대로 또 덮어야 하니 야속한 시간이다.

  거실로 나왔다. 햇볕이 거실 가득 들어앉아 눈이 부시다. 큰 거울과 식탁 유리에 닿은 햇살이 반사되어 천장에는 현란한 사각 무늬를, 하얀 벽지에는 오색 무지개를 그려놓았다. 거실 윗벽을 달려가는 스킨답서스의 초록 물결과 베란다의 꽃들이 한껏 조화를 이룬다. 넓은 유리문으로 들어온 햇빛이 온실 역할까지 해주는 우리 집, 한겨울인데도 화초들은 봄인 양 각자의 자태를 마냥 뽐내며 색색의 꽃을 피웠다. 방실거리는 꽃들과 마주치는 순간 답답하던 마음이 스르르 풀러간다.

  가으내 병원을 오가느라 물만 겨우 주고 신경 쓰지 못한 화초들이다. 화분마다 잡초가 웃자라 있고 떡잎도 여기저기 매달려 몰골이 말이 아니다. 내친김에 화분 손질이나 해야겠다고 자리 잡고 앉는다. 햇살은 어느새 어머니 손길이 되어 앉아있는 내 등을 어루만진다.

  떡잎은 떼어내고 잡초는 뽑아주고, 웃자란 줄기를 잘라내다 보니 어느새 한나절이다. 뒤돌아보니 새 옷을 갈아입은 듯 산뜻하다. 화초 가꾸는 일은 이렇듯 재미도 있어 시간 가는 줄 모르는데 글에선 왜 떡잎도, 잡초도 보이지 않는 걸까. 두 번을 힘들게 읽었는데 고친 곳이 없으니 한심스럽다.

글도 화초를 손질하듯 깔끔하게 다듬을 순 없을까? 단 한 곳이라도 고쳤다면 이렇듯 마음속의 앙금이 남아 되새겨지지 않을 것이다. 누구의 도움 없이도 내 마음이 흡족하도록 손질이 되어가는 화초들, 내 손 한 번 스쳐 가니 한층 더 생기를 찾고 있지 않는가.

봄에 뿌리를 내려 심어놓은 선인장 화분이 눈에 들어온다. 어찌 된 일인지 선인장이 자란 흔적은 없고 괭이밥만 화분 가득 꽃을 피웠다. 노랗게 핀 괭이밥 꽃이 예뻐 뽑아내기는커녕 굳어진 흙만 조심스럽게 부숴 손질했다. 내 글이 꼭 이 선인장 화분을 닮지 않았을까. 잡초가 꽃을 피우도록 두었으니 선인장이 제대로 자랄 수 없었으리라.

때늦은 식사를 하고 다시 베란다로 나왔다. 나머지 화분들이 내 손길을 기다리고 있으니 허리가 아파도 미룰 수가 없다. 어서 손질해 달라는 아우성이 들려오는 듯해 부지런히 손을 놀린다. 양쪽 갓 쪽에 놓여있는 화분엔 잡초들이 더 산만하게 자라 일거리가 더 많다. 더구나 손질해 놓은 것들과 비교가 되니 손놀림이 더욱 바빠진다. 저녁때가 다 되어 일이 끝났다. 말끔히 치우고 제자리에 옮겨놓고 물을 흠뻑 주고 나니 화초들이 활짝 웃음 짓는다.

목욕까지 마친 화초들을 다시 바라보고 있다. 내 글도 이렇듯 깔끔하고 산뜻하게 다듬으려 했는데 마음대로 되지 않는다. 무엇이 부족한 것일까. 벌써 글을 써온 시간이 얼마인데 아직도 부족한 글을 쓰면서 마음만 착잡하다. 글과는 달리 화초 가꾸기는 재미가 있어 시간 가는 줄도 모르고 음식 또한 한두 번 만들어보면 제맛을 낼 수 있지 않는가. 텃밭을 가꾸었을 때도 우리 텃밭에서 자란 고추와 가지, 토마토가 어느 집보다도 잘 되었다고 마을 사람들로부터 칭찬까지 들었는데. 글은 그와 반대이니 한숨만 나온다.

그렇다고 이대로 포기할 순 없지 않는가. 마음 다잡고 다시 한 번 도전해 봐야겠다. 잡초는 뽑아주고 떡잎은 떼어내고 웃자란 가지는 사정없이 잘라버리고….

2013. 2.

복날을 다 잊어버리고

　　새벽 운동을 하다가 앞서 가는 두 여인의 말을 듣게 된다. 말복이 오늘이라고 하지 않는가. 가슴이 철렁 내려앉는다.

　어렸을 적 할아버지는 명절은 물론 가족의 생일, 일 년 내내 이름 있는 날은 반드시 기억했다가 그날을 챙기셨다. 하다못해 송아지가 태어난 날도 특별식을 손수 만들어 어미를 먹일 정도로 유난하셨다. 할아버지를 보고 자란 나 또한 아직 이름 지은 날들을 기억하며 한 번도 잊어본 적 없었다.

　그런 내가 올해는 초복은 물론 중복에도 오늘처럼 복날임을 잊고 있었다. 그래도 그때는 아직 말복이 남아있으니 말복 날에 오늘 못한 몫까지 보상하겠다며 다짐했었다. 그렇게 다짐하면서도 또 잊어버릴까 걱정이 되어 달력에 동그라미로 표시까지 해두었다. 그렇게 조심을 했는데도 까맣게 잊고 있었으니 자신에게 용서가 되지 않는다.

　운동에 집중이 될 리가 없다. 하는 둥 마는 둥 끝내고 들어오고 말았다. 밥부터 안쳐놓고 냉동실을 뒤지기 시작한다. 닭을 대신할 그 무엇을 찾고 있는 것이다. 오늘따라 운동 나갔던 남편까지 일찍 들어와 복날이라 친구들과 약속이 있다며 아침을 조금 일찍 서두르란다. 그렇지 않아도 복날에 어울릴 만한 찬거리를 찾아내지 못해 몸 달아 있는 나다. 그런 내게 빨리 하라고 하니 그나마 버티고 있던 힘이 스르르 빠져나가 주저앉을 것만 같다.

TV에서 날마다 끔찍한 사건들을 방영하고 있어 늘 뒤숭숭하니 마음 안정이 되지 않았다는 핑계를 대본다. 거기다 부산에 사는 막내 아들네가 여름 방학이 되어 며칠 다녀갔고 나는 여름 여행을 두 번이나 다녀왔다. 몸도 마음도 피곤하여 며칠 맥을 놓고 있다가 정신이 들어 둘러보니 청소며 빨랫거리가 쌓였다. 그것부터 해결하고 나야 딴 일이 손에 잡힐 것 같아 또 날을 보냈다. 마음 다잡고 무엇인가 해야겠다는 생각을 하고 있는데 결혼식이 있다며 시골에서 두 가족이 함께 오셔서 또 며칠을 묵고 가셨다.

더 큰 핑곗거리는 무더운 날씨였다. 물을 흠뻑 뒤집어썼는데도 몸은 금방 끈적거려 온 신경이 그리로만 쏠렸다. 내 몸 하나를 버티기도 힘이 드는데 부산 아들네에다 시골 손님, 여행까지 다녀왔으니 몸도 마음도 지쳐버렸다. 제때에 식사 준비하는 것만 다행이라 여기며 날을 보내다가 이 지경이 되고 만 것이다.

밥은 벌써 끓어오르는데 말복 날 상에 올릴 아무것도 찾아내지 못했다. 요술이라도 부려 말복을 다음으로 미루고 싶다. 아니 사실대로 말을 하며 미안하단 말로 때워 버릴까 생각도 들었지만 그나마 남은 자존심이 허락지 않는다.

그때 눈에 들어오는 것이 있었다. 닭 대신 계란이다. 계란이 곧 닭이 아니던가. 계란 다섯 개를 꺼냈다. 계란을 풀어 계란말이도 하고 찜도 해서 시치미를 뚝 떼고 말복을 넘겨야겠다. 말복 날을 넘길 묘안이며 배짱이 생긴 것이다.

아침상을 부지런히 차렸다. 남편이 나와 상 앞에 앉는데 자꾸 웃음이 나온다. 상 앞에 마주 앉을 수조차 없어 멀찌감치 서 있는데 빨리 먹자며 반찬을 훑어보다가 눈이 둥그레진다. 계란을 좋아하는 아이들도 오지 않았는데 계란 반찬을 두 가지나 했으니 그럴 만도 했다. 닭 대신 계란을 다섯 마리나 잡았다는 말을 꼭 하고 싶은데 참았던 웃음이 터지고 만다. 그래도 남편은 눈치를 채지 못하고 따라 웃으며 먹기에 바쁘다.

이럴 때는 신경이 둔한 남편이 고맙다. 더구나 서둘러 나가야 되니 내 마음을 살필 겨를조차 없이 현관을 나선다. 복날 셋을 다 까먹은 탓일까. 아침을 먹기 전인데도 배가 자꾸 불러온다.

2015. 8.

며느리의 부엌

　　　아들네 집에 들어선다. 며느리를 따라 들어서는데 처음 오는 집인 듯 낯설다. 오랜만에 와서 그런가 싶어 두리번거리고 있다. 앞섰던 며느리가 '어머님은 역시 눈썰미가 있다'며 너스레다.

올해 막내까지 학교에 가고 보니 옆에 두고 돌봐주어야 할 일이 많아졌다는 것이다. 생각 끝에 공부할 곳을 아예 주방 옆으로 옮겨놓다가 거실의 가구까지 바꾸게 되었다고 했다. 저는 많은 시간을 주방에서 보내야 하는데 공부를 하다가 물어볼 것이 있는 아이들은 부지런히 엄마를 찾아 오가니 불편한 것이 한두 가지가 아니었다는 것이다. 이렇게 공부할 책상까지 만들어놓고 보니 아이들 모습이 한눈에 들어와 궁금한 것도 없어지고 조바심으로 잔걸음 치던 수고를 덜었다며 환하게 웃는다.

식탁을 잇대어 책상을 손수 만들었다며 자랑은 이어진다. 식탁 넓이의 재료를 백화점에서 구입해와 혼자서 온종일 식탁에 이어 붙여 만든 책상 겸 식탁이라고 한다. 책꽂이도 긴 것 하나를 두 아이가 함께 쓰도록 배치해 놓았다. 책꽂이에는 손녀가 좋아할 만한 인형과 손자의 것으로 보이는 작은 비행기와 장난감 몇 개가 놓여 있을 뿐이다. 설명이 없어도 남매가 함께 쓰는 책꽂이임을 알게 한다.

아들이 직장을 부산으로 옮기게 되어 이곳으로 온 지 6년이 된다. 며느리는 아이도 아닌 제 남편의 세끼 도시락을 날마다 준비하고 있다. 두 녀석도 저녁에 먹을 것을 미리 주문해놓고 학교에 간다고 했다. 며느리가 주방에 있어야 하는 시간이 많아 이런 지혜를 짜낸 것이리라.

도시락이란 집에서 먹는 음식과는 달라 더욱 정성을 쏟아야 하고 채식을 많이 먹어야 하는 제 남편의 체질에 맞추려니 준비하기에 많은 시간이 걸릴 것이다. 지금껏 며느리가 하는 행동을 보며 역시 젊어 지혜롭구나 생각한 적이 많았다. 그런데 시대와 동떨어지게 새벽 출발하는 제 남편의 도시락을 준비한다는 소리를 들었을 때 많은 생각이 스쳐 갔다.

부산으로 이사를 했다기에 내려왔다가 이 사실을 알게 되었다. 퇴근해서 온 아들이 인사를 꾸벅하더니 큰 가방을 주방으로 들고 가 무엇을 자꾸 꺼내놓았다. 우리가 왔으니 엄마, 아빠가 좋아하는 그 무엇을 준비해 왔구나, 김칫국부터 마시며 다가가 보니 크고 작은 빈 그릇을 수없이 꺼내놓고 있다. 너무 이상해 들여다보는 내게 하루 종일 먹은 그릇인데 구경할 것이 무엇이냐며 나를 소파로 데리고 가는 것이 아닌가.

아들의 말을 들으며 기가 막혔다. 친정엄마가 이 모습을 목격했다면 고생하는 딸을 보며 그 마음이 얼마나 아렸을까. 아무리 생각해도 너무한 처사라 생각되었다. 세상이 많이 변해 젊은 엄마들은 제 아이 도시락도 준비하지 않는다고 하는데 남편의 도시락을 싸게 하다니, 한 끼도 아닌 세 끼의 도시락을… 아들은 세상 돌아가는 물정을 모르고 저만을 위해 도시락을 준비해 달라고 했을지 모른다. 하지만 며느리는 무슨 생각으로 그 비위를 맞추고 있는지 두 사람이 모두 못마땅해 그예 한마디 하고 말았다.

그렇게 염치없는 아들인 줄 몰랐구나. 염치가 없어도 너무 없다며 며느리가 들어 속이 시원하도록 큰 소리로 야단을 쳤다. 그런데 이게 웬일인가. 제가 하고 싫어 준비해주는 것이니 저를 야단치라며 며느리가 달려와 막아서는 것이 아닌가!

며느리의 말은 이어졌다. 처음 그의 직장이 어떤 곳이며 식당은 어떤지 궁금해 점심시간에 찾아가 보았단다. 이곳으로 오자마자 바쁘다며 새벽에 나가는 남편인데 교내 식당은 가는데 10분 정도 걸어가야 하고, 나온 음식을 보니 채식이 별로 없어 걱정이 되어 준비하기 시작했다는 것이다. 하는 김에 조금 더해서 한참 성장하는 두 아이에게도 먹이고 있으니 온 가족에게 다 이익이 되는 일이라고 열을 올리는 며느리를 보면서 나는 할 말을 잊었다.

하기야 며느리는 아들의 일을 돕는 10여 명이 넘는 석사 과정 연구생들도 가끔 집으로 초대해 음식을 대접한다고 들었다. 명절에는 우리 집 일은 물론 큰댁에 가져갈 전 부치는 일까지 도맡아 한다. 어떤 음식이든 손이 재면서 볼품 있게 만드는 재주를 지녔다. 명절이 다가올 때면 전 부치는 일이 가장 큰 걱정이었는데 그 걱정을 하지 않아도 될 만큼 모두 맡아서 해주는 며느리다.

첫 번 다녀왔을 때부터 남편은 아들네 집에선 향기가 넘친다며 며느리 칭찬을 했었다. 나 또한 좋은 직장을 포기하고 아이들을 잘 키우고 살림을 하는 며느리가 늘 고마웠다.

벌써 며느리가 우리 집에 온 지 10년이 되었다. 늘 아들의 마음을 편하게 해주고 아이들도 잘 키우고 살림까지 알뜰히 하고 있으니 우리 집 보배라 하겠다. 갈 때마다 향기 품어내는 며느리의 부엌을 바라보는 마음은 미소를 머금게 한다. 더구나 귀여운 손자, 손녀의 향기까지 집안에 가득하니 나는 복이 많은 시어머니다.

2014. 6.

형벌

　　무섬증이 와락 밀려온다. 내 집이 이처럼 무서울 줄 짐작도 못했다. 작은 소리에도 놀라고 유리문엔 그림자가 어른거리고, 거실엔 찬바람이 쌩쌩 몰아친다. 도대체 지금껏 살던 집에서 왜 몸서리치게 무서워지는지 알 수가 없다. 한 달을 어떻게 버텨낸단 말인가. 살아갈 한 달이 남편과 살아온 세월보다 더 멀게 느껴진다.

　한 달쯤이야! 병원에 누워있는 남편을 뒤로하고 나오면서 스스로에게 말했다. 하지만 그 다짐과는 달리 마음은 자꾸 수렁으로 빠져들었다. 집에 들어서니 찬바람이 나를 엄습한다. 스스로 다독이며 왔던 힘이 스르르 빠져나간다. 소파에 아무렇게나 몸을 던져버린다.

　생전 처음 맛보는 내 집에서의 처참함이고 무서움이다. 남편은 항상 건강해 내게 도움만 주며 살 줄 알았다. 가끔 나를 응급실로 데려갈 때 너무 떨려 핸들을 잡을 수 없어 택시를 불렀다는 말을 들었을 때도 나는 그 마음을 헤아리지 못했다. 심장병이 있는 내가 밤낮 가리지 않고 여러 번 혼절했었다. 그때마다 어떻게 대처하며 버텨냈을까 새삼 그이가 가여워진다.

　남편이 척추협착이란 진단을 받은 지 꼭 일 년이다. 하지만 본인 혼자서 오가며 치료를 받았다. 시술도 네 번이나 했다. 그래도 차도가 없어 수술을 하기로 결심했다. 권위 있는 박사를 소개받았다며 딸이 아버지와 함께 병원으로 갔다.

검사를 한 의사가 수술을 할 상황이 못 된다고 했다면서 힘없이 돌아왔다. 약으로 버티며 조심하는 수밖에 별 방법이 없단다. 남편은 말수가 더 뜸해졌다.

허리가 불편한 채로 견뎌내야 할 아빠를 생각해 아이들은 맞춤형 소파를 들여오고 다리받침이 있는 의자 세트도 방에 들여놓았다. 조금이라도 편히 생활할 수 있도록 아이들은 만반의 준비를 해놓았지만 나는 치료를 포기할 수 없었다.

요행을 바라는 마음으로 한방 병원을 찾아갔다. 오래전 친정아버지의 중풍을 치료한 병원이다. 아버지가 입원했을 때 허리 아픈 환자가 완치되었다며 퇴원하는 사람을 여럿 봤었다. 어디든 매달려야 했다. 낯익은 원장 선생님이 반갑게 맞는다. 협착을 치료하는 매선 요법과 또 다른 방법도 있다고 했다. 나는 돌아와 무조건 남편을 설득해 함께 병원으로 갔다. 진찰을 한 의사는 3달의 치료 기간을 요한다며 우선 한 달 입원을 하라고 했다. 두 달은 통원 치료를 하면 좋은 결과가 있을 것이라 희망을 주었다. 다행히 그이도 의사 말에 수긍하며 입원을 했다. 깊은 수렁에 빠져 허덕이다 지푸라기를 잡는 심정이긴 하지만 다른 방법이 없었다.

남편은 건강했었다. 퇴직하고도 출근할 때와 똑같이 생활하며 몸 관리 또한 빈틈없었다. 피곤하다는 말도 들어본 적 없으니 내 건강만 챙기며 살았다. 새벽 운동은 눈비가 와도 빠지는 일 없고, 등산과 다른 운동 역시 정해놓은 시간을 지키면서 최선을 다하는 사람이었다. 그토록 건강 관리를 철저히 하며 살아온 그에게 척추협착은 날벼락이었다.

그이와 건강하게 사는 것이 감사한 일인 줄 모르고 나는 살아왔다. 건강해서 부지런히 나다니는 남편을 보며 공연히 한마디씩 던졌다. 무슨 볼일이 그렇게 많고 또 어딜 가느냐고, 쓸데없는 잔소리를 해댔다.

다닐 수 있을 때 여행을 더 많이 하자며 계약해놓은 외국 여행 티켓도 반납해

오게 했다. 다니고 싶었던 곳 거의 다녀왔으니 먼 거리 여행은 이젠 가지 않겠다고 억지를 부렸다. 서로가 건강해 다닐 수 있을 때 말없이 따라나서야 했었는데…. 후회되는 일만 자꾸 생각난다. 그이가 입원하고 보니 오랜 세월 형제들과 하던 단풍 구경도 이 가을에는 생각할 수조차 없게 되었다. 소파에 엎어진 체 뉘우치고 있지만 소용없는 일이다. 건강이 있어 다닐 수 있는 고마움을 모르고 자만했으니 이처럼 무서운 형벌이 내려지는 것인가.

2013. 12.

아줌마

아줌마는 내게 더없이 친숙한 말이다.

어릴 때부터 언니가 없는 나는 아줌마(당고모)들을 졸졸 따라다니며 자랐다. 내가 아줌마라고 부르는 이들은 둘째 할아버지의 딸과 셋째 할아버지의 딸이다. 나는 첫째 할아버지의 손녀이니 아줌마들을 당고모라고 불러야 했다. 하지만 말을 배울 때부터 아줌마라고 불렀으니 지금까지도 그렇게 부른다.

나이는 둘째 집 아줌마가 나보다 여섯 살 많았지만 놀러 다닐 때 언제나 나를 불러내 손을 꼭 잡고 다녔다. 셋째 집 아줌마 역시 한 살 위인데 나와 학교를 같이 입학해 늘 붙어 다닐 수밖에 없었다. 학교를 같이 다니며 놀기도 함께였고 심부름도 같이 다녔다. 단 한 가지 시샘이 있었다. 한반에서 공부를 했으니 서로가 지기 싫어 무던히도 성적에는 신경전이 오갔다. 그것 말고는 모든 것을 함께 서로 도우며 자랐다.

결혼한 후로도 큰 아줌마는 고추장을 담갔으니 가져가거라, 또는 쑥을 뜯어와 쑥절편을 만들고 있으니 마늘마늘할 때 와서 먹어라, 하시면 기다렸다는 듯이 작은 아줌마와 달려갔다. 언제나 어려서 우리들이 잘 먹던 음식을 만들어 놓고 한번이라도 더 먹이려 애를 쓰던 큰 아줌마였다. 작은 아줌마 역시 간장과 된장을 담가서 주고 있으니 나는 지금껏 아줌마들 도움을 받으며 고추장과 간장을 담가본 일이 없다.

어른이 된 지금도 늘 아줌마들 보살핌을 받으며 사는 나는 어린 시절에서 벗어나지 못하고 있다. 만나면 옛이야기를 하다가 어느새 방바닥에 뒹굴며 웃기 일쑤이니 언제나 친구 같은 아줌마들이었다. 그렇게 살뜰하게 보살펴주고 챙겨주던 큰 아줌마가 지난해 세상을 뜨셨다. 마음 한구석이 내려앉은 듯 시리고 서러워 그런 때는 작은 아줌마라도 만나고 와야 마음을 달랠 수 있었다.

어렸을 적 내 모습을 고스란히 기억하고 계시던 큰 아줌마! 한동네서 살던 어린 시절의 이야기를 늘 해주어 나는 아주 어렸을 적 일도 내가 기억하는 것처럼 생생하다. 내 모든 것을 사랑해주던 분, 그 많은 사랑을 받으며 살아왔는데 혼자 홀홀 떠나가셨다. 날이 갈수록 넓은 벌판에 버려진 듯 허전함이 밀려온다.

아줌마들한테 나는 늘 어린 조카였다. 그러니 아줌마란 호칭으로 불려 질 사람은 우리 아줌마들뿐인 줄 알고 있었다. 아줌마는 베풀어야 하고, 돌봐주어야 하고, 어린 시절까지를 기억해 주고 넓은 마음을 품고 있다는 생각뿐이었으니 아줌마란 이름은 내게만 필요한 이름이란 생각으로 살았다. 그런데 아니었다.

경제권을 손에 넣은, 멀리서 봐도 겁이 나는, 당당하게 미래를 거머쥔 여인을 아줌마라는 이름으로 불려 진다는 사실을 요즘 들어서야 알게 되었다. 별안간 아줌마란 호칭에 혼돈이 왔다.

더구나 평생교육원을 다니면서부터 30여 년이란 긴 세월을 서로 이름을 불러주며 살아가고 있다. 학교란 테두리 안에서 이름을 부르면서 살아오는 동안 어느새 귀여운 손자 손녀들이 태어나 자라고 있다. 자연스럽게 나는 할머니란 소리를 듣고 살아간다.

삶이 한 단계, 한 단계를 오르며 살았다 해도 세월이 쏜살같이 날아가 버려 억울하다 하지 않던가. 다부지게 아줌마를 거쳐 살아온 사람들도 삶이 허무하다, 슬프다 말들을 한다. 나는 아줌마로 살아올 시간을 훌쩍 넘어 어느 순간에 할머니 소리를 들으며 산다는 것을 뒤늦게 깨닫고 있다. 돌이킬 수조차 없는 귀중한 시간을 잃었는지조차 모르고 오늘에 이르렀으니 할 말을 잊는다.

천천히, 당당함을 과시하며 아줌마로 농익을 시간을 거쳐 할머니가 되었어야 온전히 산 삶이었다. 아줌마의 당찬 모습을 휘둘러볼 사이도 없이 나는 할머니가 되었다. 하지만 다시 생각해본다. 아줌마로 살아야 했을 시간을 내 이름으로 살아왔으니 그 삶도 후회스런 삶은 아니다. 이 헛갈리는 두 마음은 언제까지나 평행선 상에 있을 것만 같다.

2014. 12.

정전

　　벌써 여러 날 컴퓨터 앞에 앉아만 있다. 머릿속이 텅 빈 듯 캄캄하다. 사람에게도 정전이 오는가? 며칠째 이러고 있으려니 정전으로 속이 타들어갔던 때가 스쳐 간다.

　　젊은 시절 웨딩드레스 샵을 운영하고 있을 때였다. 초저녁부터 정전이 되었다. 다음날 정오에 결혼식을 올릴 신부의 드레스를 끝내지 못했으니 보통 걱정이 아니었다. 스팡크를 막 달려는 참이었는데 전기가 나가버린 것이다. 이 저녁 어떤 일이 있어도 완성을 해야 하는 드레스였다.

　　스팡크를 다는 작업은 촛불로는 어림없는 일이었다. 바늘이 길고 가늘어서 전깃불 밑에서도 바늘귀가 잘 보이지 않았다. 거기다 좁쌀만 한 구슬을 중심에 끼워 달아야 하는 작업이니 애를 태우면서 전기가 들어오기를 기다릴 수밖에 없었다.

　　정전이 되지 않았다면 자정이 되기 전 일을 끝내놓고 편히 잠을 잤을 터인데 어찌 이 상황에서 잠인들 잘 수 있었겠는가. 결국 다음날 날이 밝은 뒤에야 스팡크를 달기 시작했다. 아침도 먹지 못하고 직원 모두 동원해 마무리를 하고 나니 배달할 시간이 아주 촉박했다.

　　웨딩드레스는 언제나 약속 시간 내에 배달이 되어야 결혼식을 올릴 수 있는 옷이다. 시간이 워낙 빠듯하니 불안한 마음에 배달원에게 맡길 수가 없었다. 내가 배달할 드레스 가방을 들고 뛰어 택시를 잡아탔다. 그런데 공교롭게도 절반밖에 가지 못했는데 길이 막히기 시작했다. 차가 움직이지 않으니 마음이 타들어갔다.

드레스를 기다리고 있을 신부의 얼굴이 어른거렸다. 평생에 한 번 있는 가장 뜻있는 날에 드레스 배달이 늦어져 신부의 마음을 상하게 하고 더구나 결혼식도 올리지 못하는 사태가 벌어진다면 생각만 해도 아찔해 왔다. 하지만 도로가 막혀 차가 꼼짝도 않고 있으니 그저 막막해 어찌할 줄 모를 때였다.

웽웽거리는 소리가 뒤쪽에서 들렸다. 돌아보니 경찰차가 반대편 길에서 역으로 달리며 내는 소리였다. 나는 무작정 문을 박차고 나가 달려오는 경찰차 앞으로 내달았다. 차는 요란스런 소리를 내며 급정거했고 미친 사람 아니냐고 소리치며 경찰이 내렸다. 그는 험악하게 나를 끌어 경찰차 속으로 밀어 넣었다.

그도 얼마나 놀랐던지 한참을 말이 없다. 하지만 나는 워낙 다급했으니 웨딩드레스를 내보이며 간청을 했다. 정오에 결혼할 신부의 웨딩드레스라며 염치없지만 빨리 모 호텔로 데려다 달라고 통사정을 했다. 대답이 없다. 다시 말을 이었다. 제 잘못을 충분히 알고 있으니 드레스 배달을 한 다음에 벌은 받겠다며 내 뜻을 밝혔다. 경찰은 신부의 사정이 이해가 되었던지 더는 화를 내지 않고 차를 몰아갔다. 호텔을 향해 한참을 달려 거의 도착했을 무렵에야 말을 꺼냈다. 그 상황에 이 차에 깔려 죽지 않았으니 서로가 참 운이 좋은 날이라 사정을 봐준다며 내리라고 했다. 나는 급한 마음에 고맙다는 말도, 찾아가겠다는 소리도 못하고 드레스만 챙겨 잽싸게 내리고 말았다.

막 호텔로 들어서니 신부가 화장을 끝내고 있었다. 신부는 내가 얼마나 몸이 달았는지조차 모르니 반갑게 맞았다. 곧이어 신부에게 드레스가 입혀지고 면사포를 머리 위에 얹는 순간이었다. 후유! 나는 나도 모르게 안도의 한숨을 내쉬고 있었다.

신부와의 약속은 아무리 다급한 일이 있어도 지켜야 하는 직업이니 열 일 제치고 드레스 배달을 우선으로 알고 살았다. 하지만 그 신부처럼 촉박하게 드레스 주문을 해올 때는 신부의 사정이 딱해 거절할 수가 없다. 부지런히 하면 되겠다는 생각만으로 드레스 주문을 받게 된다. 그런데 하필이면 그날따라 초저녁부터 정전이 되어 날이 밝을 때까지 전기가 들어오지 않았으니 얼마나 애를 태웠겠는가.

그토록 나를 힘들게 했던 정전이란 말이 우리 주위에서 사라진 지 오래다. 아니 잊어버리고 있을 정도로 전기 사정이 좋아졌다. 반짝이는 스팡크 역시 손으로 달지 않고 기계로 한다고 들었다. 요즘도 드레스 배달을 한다면 전철을 이용하면 틀림없이 시간을 지킬 수 있는 좋은 세상이 왔다. 그런데 진작 나는 드레스 업을 접은 지 오래다.

요즘 엉뚱하게도 그 정전이 내게 오고 있다. 그 시절의 정전처럼 예고도 없이 찾아온다. 컴퓨터 앞에 앉아 있을 때 더욱 그렇다. 멍멍하다 못해 캄캄하다. 벌써 며칠째인가. 아니 지난여름부터 그랬다. 그 옛날처럼 언제 들어올 것인가 기다릴 수 있는 정전도 아니니 더욱 답답하다. 전기의 정전보다도 더 무서운 것이 요즘 내게 오고 있는 정전이라 생각하니 한없이 슬프다.

2014. 11.

용서할 수가 없다

현관문을 들어서는 내게, "이게 무슨 소리야!"

"……."

"왜 말 안 했지?"

남편은 소리를 지르며 마구 화를 내고 있다. 무엇 때문에 그러는지 물어볼 용기도 나지 않아 일방적으로 당하고만 있다. 남편은 들고 있던 것을 내 앞으로 홱 던지며, "이 모양이 되도록 당신은 무얼 했어." 계속 알아듣지 못할 말을 하고는 방으로 들어가 버린다. 도대체 무슨 일로 저토록 화가 났단 말인가. "남편에게 말 안 했다?" 너무 당황스러워 할 말을 찾지 못한다. 던져진 종이를 주워들었다. 별것도 아닌 '일반 건강검진결과 통보서'였다. 나도 따라 화가 났지만 그 원인이 이 통보서에 있겠다 싶어 눈을 가까이 대고 살펴본다.

용지를 찬찬히 살피며 내려가다가 나 또한 더 놀라 화가 났다. 세상에 이런 흉측한 말을 함부로 써 보내다니! 내게 가장 소름 끼치는 말, "실명." 시력을 아주 잃었다는 말이 아닌가. 눈 검진을 제대로 해본 적 없이 겨우 건강 검진에서 공식적인 시력검사 한 번 한 것뿐인데 이런 문서를 보내다니….

나는 살림도 하고 친구도 알아보고, 오랜만에 들르는 며느리, 손자 손녀도 알아본다. 시력이 나쁘긴 하지만 실명이란 글자를 쓸 정도의 시력은 아니란 말이다. 아무리 생각해도 그 표현은 언어폭력이라 할 만큼 무서운 폭언이었다. 자신들의 일이 아니라고, 늘 눈이 더 나빠지지 않을까 걱정 속에 살고 있는 사람의 마음을 이토록 짓밟아도 되겠느냐고 그들에게 악이라도 쓰면 화가 풀릴 것 같다. 병을 치료해줘야 할 병원에서 치료는 고사하고 환자를 깊은 수렁으로 밀어넣고 있으니 사람이 할 짓이 아니지 않는가.

시력 때문에 여러 해 동안 병원을 전전했다. 아니 평생이라 해도 과언이 아니다. 들르는 병원마다 시력이 더 좋아질 상태가 아니라는 말만 했다. 열심히 다녀보라고 말해주는 의사도 없었다. 그런데 남편은 또 다른 병원을 찾아 나를 끌고 다녔다. 나도 지치는데 남편은 오죽하겠는가 싶어 늘 미안했다.

몇 해 전 지인의 소개로 또 다른 안과 병원을 찾게 되었다. 일 년이 다 가도록 다녀도 그 유명하다는 의사 역시 고칠 수 있는 눈이 아니라면서도 오라는 날짜는 여전히 잡아주었다. 이렇게 또 세월만 보내겠구나 싶었다. 남편에게 거짓말할 궁리를 했다.

눈이 좋아지는 것 같다고 거짓말을 시작했다. 차를 한 번 타면 가는 곳이니 혼자 다녀도 된다며 고집을 부렸다. 그리고는 일 년을 채우고 가지 않았다. 하지만 남편에게는 늘 다녀온다고 했고 물으면 조금씩 좋아지는 것 같다며 걱정 말라는 말을 계속했다. 조금도 차도를 보이지 않는데 다니면서 고생만 하고 있으니 갈 필요를 느끼지 않았다. 한 사람이라도 마음 편히 살아야 한다는 생각에 그렇게밖에 할 수가 없었다.

'검진 통보서'에 그 끔찍한 표현을 하리라곤 상상도 못했다. 우편함은 언제나 내가 챙겼으니 남편이 먼저 그 통지를 보게 될 줄도 몰랐다. 불편한 것은 나 혼자면 된다고 생각했다. 젊어서부터 눈 때문에 얼마나 많은 시간을 병원을 오가며 낭비했던가. 많은 돈과 시간을 버렸어도 조금도 나아지지 않은 내 눈에 자꾸 목매일 일이 아니었다.

새댁이었을 때도 시댁 식구들을 잘 못 알아봐 실수를 밥 먹듯 하며 살았다. 아무리 의학이 발달했다고 하나 내 눈만은 고쳐주는 의사가 없었다. 좋아질 눈이 아니라는 말은 늘 들어 익숙하지만 실명이란 말은 소름 끼칠 만큼 무섭다.

나 스스로가 시력이 좋지 않다는 사실을 잘 알고 있다. 그토록 모진 말을 해주지 않아도 늘 마음 저미는 사람이다. 시력 검사를 할 때 큰 글자를 맞추지 못했다고 실명이라고 단정 짓는 것도 모자라 기록까지 해 집으로 보내는 일은 너무하다 생각된다.

내 시력을 세세히 검사하지도 않았으면서 그 참담한 말을 어떻게 써 보낼 수가 있단 말인가. 사실과 다른 말을 함부로 기재해 남편까지 화나게 한 그들이 원망스럽다. 생각할수록 화가 치밀어 용서가 되지 않는다. 용서할 수가 없다.

2013. 1.

엄마 꽃

엄마 꽃이 막 꽃망울을 터뜨렸습니다. 앵두꽃 말입니다. 반가워 다가가지만 눈물이 앞을 가려 아무것도 보이지 않습니다. 보고픈 우리 엄마! 살아생전 한 번도 써본 일 없는 엄마께 드리는 편지를 쓰고 있습니다. 이 편지를 보시면 소리 내어 웃으실 것만 같습니다. "그래, 이제야 보고 싶니? 못된 것." 하시며 그 고운 눈을 살짝 흘기시겠지요?

엄마를 생각하면 마음이 너무 아파옵니다. 어려서부터 그랬습니다. 내가 아는 우리 엄마는 일만 하는 엄마였으니까요. 오죽하면 손가락이 닳지 않았나 살펴보기까지 했을까요. 하기야 우리 집엔 일거리가 태산 같았지요. 농사일에다 남의 집에는 없는 정미소 그 일이야 일꾼들이 했다지만 초하루, 보름 고사를 지내는 일은 모두가 엄마 몫이었습니다. 그뿐인가요, 웬 가축은 그리 많았는지. 소, 돼지, 개, 닭, 그것도 여러 마리씩 그 먹이를 만들고 주는 일도 엄마였습니다.

이렇듯 앵두꽃이 피어날 때면 더욱 엄마가 보고 싶어집니다. 일만 하는 엄마가 아닌 옷 곱게 입고 편안히 쉬고 있는 우리 엄마를 꿈에서라도 한 번 뵈었으면 좋겠습니다. 앵두꽃 닮은 우리 엄마를….

명절 인사

아이들이 누워 뒹굴던 자리에 내가 눕는다. 녀석들의 온기가 남아있는 듯 따스하다. 긴장되었던 마음이 풀어지고 새해가 되면 바쁘게 세배를 다녔던 날들이 스쳐 간다.

몇 해 전까지만 해도 명절이면 세배를 다녀야 할 곳이 많았다. 시아버님 형제분에다 친정 할아버지 형제분과 또 친정어머니 형제분이 거의 서울에 살고 계셨다. 이촌 큰댁에서 차례를 지내고 오면서부터 마음이 바빴다.

다녀야 할 곳이 많으니 조금이라도 부지런히 다녀야 한다는 생각에 작전을 짠다. 동쪽부터 중곡동 친정 작은할머니 댁을 들러, 그곳에서 멀지 않은 둘째 집 할머니 댁을 들른다. 부지런히 신당동 넷째 외삼촌 댁을 거쳐 다섯째 외삼촌 댁을 들른다. 약수동 둘째 이모님과 화곡동 시숙님 댁을 들르면 한나절이 벌써 지나간다. 이렇게 남, 서, 북쪽으로 빙 돌면서 시댁과 친정을 가리지 않고 들렀다. 명절 음식하기가 힘들다지만 그보다 더 힘든 일이 동서남북으로 흩어져 사시는 어른들을 찾아뵙는 일이었다.

그 어른들이 언제였나 싶게 하나둘 이 세상을 떠나가셨다. 몇 해 전부터 명절을 쇠고 나면 허전함이 밀려왔다. 친정을 떠날 때의 허전함 같기도 하고, 꼭 해야 할 일을 잊고 있는 듯, 텅 빈 마음을 추스르기 힘들었다. 그 마음을 달래기 위해 세배 다니던 곳을 하나하나 짚어가며 더듬어가는 버릇이 생겼다.

오랜 세월 정들었던 분들이니 어찌 쉽게 잊혀지겠는가. 어느 집에서든 어르신들은 세배를 받는 일보다 자신들의 이야기보따리 풀어놓기를 더 좋아하셨다. 나 또한 그 어른들의 살아온 삶의 이야기를 듣기 위해 더 열심히 다녔는지 모를 일이다.

그 어른들께 들었던 이야기 모두가 역사이고 가르침이었다. 그분들의 경험이 내 경험이 되었다 할 만큼 살아가는 데 많은 도움이 되었다. 더구나 그 인자하시던 모습들은 사진보다도 더 선명하게 내 머릿속에 각인되어 있고 내 손을 꼭 잡아주시던 그 온기 역시 내 몸에 남아 감아 도는 듯하다.

어느 해는 몸살이 난 채로 명절을 맞았었다. 남편까지도 이번만은 세배 다니는 일을 다음으로 미루자고 성화였지만 나는 고집을 부렸다. 그래야 마음이 편할 것 같았고 또 뵙고 싶은 분들이었으니 아무리 몸이 불편해도 어르신들이 기다리실 생각에 조바심이 일었다. 무리를 하면 더 심해질 것이라던 내 몸살은 며칠 여러 어른들에게 세배를 다녀온 뒤 언제 아팠느냐는 듯 거뜬했다. 어르신들을 뵙는 일은 내게 안식을 주고 기쁨을 주는 일이었던 것이다.

갈현동에 사시는 큰이모님 댁은 맨 끝 날에 꼭 들렀다. 그 이모님은 막무가내로 내 손을 꼭 잡고 놓아주질 않으셨다. 막내인 우리 어머니를 기르다시피 한 큰이모님이니 엄마가 응석받이로 자라던 이야기를 들려주고 싶어 언제나 놓아주지 않았던 것이다.

아무리 막내라 하지만 외할머니가 눈에 뜨이지 않으면 벽에 걸린 옷을 들춰가며 외할머니를 찾더라고 했다. 다음은 반짇고리에 들어있는 물건들을 하나하나 들고 그 밑을 들여다보며 어머니를 불러대며 찾았다고 했다. 그렇게 반짇고리까지 뒤집으며 찾으니 그 행동이 얄밉더라며 허리를 펴지 못하고 웃으셨다. 그 이야기를 할 때마다 웃느라 말씀도 제대로 못 하시던 큰이모님, 그 이모님도 세상을 떠나신 지 오래되었다.

　바빴던 시절이었지만 마음 뿌듯한 날들이었다. 그 세월이 어느새 훌쩍 가버렸다. 이미 우리 곁을 떠나가신 어른들, 언제부턴가 지나간 명절을 추억하며 살아가는 나를 발견한다. 한 분 한 분 떠올리며 그 어른들이 한 말씀을 기억해내노라면 잠시나마 마음의 위로를 얻는다. 그 어른들의 사랑을 듬뿍 받으며 살아왔으니 우리 아이들에게도 그 무한한 사랑을 돌려주어야 하는데 그러질 못한다.

　어른들이 떠난 그 자리에 내가 서 있다. 하지만 손자 손녀들에게 나는 무엇을 주고 있는지 돌아보게 된다.

2014. 봄.

4부

위로하는 가족들

그 마음을 다잡기 위해 산을 자주 올랐다. 늘 갈래 길이 있어 어느 길을 택할까 고민을 했었다. 넓은 길보다는 좁은 오솔길이 언제나 마음을 끌었다. 고불고불한 오솔길은 확 트인 넓은 길보다 매력이 있었다. 몇 발자국 앞도 어떻게 이어질지 몰라 상상을 하며 걷게 되니 수필도 해볼 만하지 않을까 생각되었다.

힘을 내봐

　　손자가 제 어미에게 야단을 맞는다. 왜 그러는가 싶어 그 곁으로 다가간다. 수그리고 있는 고개가 점점 자라목처럼 기어들어가더니 드디어 식탁 밑으로 들어갈 자세다. 야단치는 소리를 들어보니 책을 조금만 읽고 다 읽었다고 거짓말을 했단다. 편들어주려고 다가갔는데 들어보니 꾸중 들어 마땅하다는 생각에 뒤로 물러서고 만다.

　　"왜 거짓말을 했는지 말하지 못해?" 드디어 큰소리가 나간다. 한 대 때릴 기세다. 그때였다. 손녀가 제가 가지고 놀던 팔랑개비를 들고 오빠 옆으로 뛰어가 앉는다. 바짝 다가앉더니 팔랑개비를 힘차게 손으로 돌리며, "오빠 이 팔랑개비처럼 힘을 내봐. 빨리 힘을 내서 잘못했다고 빌어." 여섯 살짜리 동생은 엄마와 오빠를 번갈아 보면서 안달이 났다.

　　"엄마 화가 많이 났잖아." 드디어 수그린 오라비 머리를 흔들어댄다. 그래도 반응이 없는 오라비, 동생은 연신 팔랑개비와 머리에 손이 오가면서 같은 소리를 반복하며 애가 탄다. 야단맞는 오라비를 도와주려고 애쓰는 손녀가 대견하기에 앞서 나는 웃음부터 나온다.

　　책 읽기를 좋아하는 손자가 오늘은 왜 그랬는지 나도 알고 싶다. 어려서부터 한문 공부를 비디오와 책을 보며 혼자서 하는 아이였고 또 지금까지 꾸준히 해오고 있는 것을 알고 있다.

녀석의 그 소식을 며느리로부터 전해들을 때마다 어린것이 어떻게 그런 소견이 있을까 칭찬의 말이 절로 나왔다. 올해 초등학교에 들어간 후로는 아침에 일어나면 교과서부터 읽고 학교에 갈 준비를 한다고 들었는데 오늘 일은 정말 이해가 되지 않는다. 다행히 제 어미도 더는 캐묻지 않고 "다시는 거짓말하면 못 쓴다."고 한마디 하고는 자리를 뜬다. 며느리도 엉뚱하고 좌불안석인 제 딸 행동에 웃음이 나와 더는 계속할 수 없었으리라.

얼른 손자를 데리고 목욕탕으로 갔다. 땀이 난 얼굴과 손발을 씻어주며 조심스럽게 묻는다. 녀석은 할아버지와 빨리 게임도 하고 밖에 나가 축구도 하고 싶어 그랬단다. 나무라지도 않았는데 다시는 그러지 않겠다는 다짐까지 하는 손자를 보면 거짓말이 잘못인 줄 잘 알고 있는 녀석이다. 생각이 깊은 아이를 제 어미가 그 마음을 미처 헤아리지 못해 벌어진 일이었다.

반년도 넘어 할아버지 댁에 왔는데 맘껏 놀도록 두어야 했다. 공부도 좋지만 아직 8살이다. 할아버지와 놀게 하는 것도 커가는 아이들에게 더 좋은 인성 교육이 된다는 사실을 잠시 잊고 있었던 며느리다.

오늘은 손자 손녀 때문에 진한 삶의 맛을 느낀다. 잘못을 인정하기에 말 한마디 못했던 손자와 지혜를 짜내 오라비를 도우려 애를 쓰던 손녀가 더할 나위 없이 잘 자라고 있음을 말해주고 있다. 두 아이의 재롱잔치와 구연동화 영상을 준비해서 내 컴퓨터에 입력해준 며느리 역시 고맙다.

며느리가 크리스마스의 재롱잔치를 지난번에 왔을 때 컴퓨터에 올려주고 갔었다. 아이들이 보고 싶을 때 그 영상을 보며 하루를 즐겁게 보내고 있다. 모두 열두 가지나 되었다. 아이들을 보는 즐거움은 물론 그 재롱에 웃음부터 나온다. 그 중 손녀의 구연동화가 재미있어 더 자주 보면서 즐긴다.

여섯 살답지 않게 낭송하는 발음이 정확한데다 목소리가 낭랑하고 자연스럽

125

다. 또 감정을 넣어 구연하는 솜씨가 내 상식을 넘는다. 하지만 아직 뜻을 잘 모르니 발음이 틀리는 곳이 몇 군데 있어 제대로 가르쳐 녹음했으면 더 좋겠다고 한마디 했다. 며느리는 제가 가르친 것이 아니라며 변명을 한다.

유치원에서 TV로 구연동화를 보았다며 집에 오자마자 저 혼자 종이를 오려 노트를 만들더니 거기다 그림을 그려놓고 연습을 하더란다. 그리곤 한 장씩 넘기면서 엮어나가는데 제법 이야기가 이어지며 재미있기에 곧바로 의자에 앉혀 놓고 영상에 담았다며 며느리는 긴 설명을 했다.

이제 겨우 여섯 살인 손녀, 무용하는 모습과 구연동화를 엮어가는 솜씨를 보며 할머니는 하루하루 살맛이 난다. 글은 아직 모르니 그림을 그려서 익힐 생각을 한 손녀가 더욱 기특하다.

오늘은 영상으로만 보던 연기를 우리 집 거실 무대에서 직접 연출하고 있으니 그 즐거움이 배가 되고 있다.

2012. 10.

철들고 싶지 않다

"신기한 것이 보여요. 빨리 나와 봐요."

내 독촉에 남편은 마지못해 다가오더니 나보다 더 머리를 숙이고 들여다본
다. 가늠이 안 되는지 안경을 쓰고 와 다시 살핀다. 도대체 너무 좁은 데다 작아
알아볼 수가 없단다. 좋지 않은 눈으로 별것을 다 찾아내 신경을 쓰고 있다며
핀잔이다.

눈이 좋은 남편 덕을 좀 볼까 해서 불렀더니 잔소리만 하고 들어가 버리니 궁
금증은 내가 풀어갈 수밖에. 남편이 하던 모습으로 코가 닿을 만큼 가까이서 들
여다본다. 내 한쪽 눈을 틈새만큼 뜨고 한참을 뚫어져라 집중하고 있으려니 차
츰 그 모습이 나타난다. 노란 꽃잎이 틀림없다. 조금 떨어져 초록빛도 보이는 것
같다. 모양을 갖추진 않았지만 꽃잎이 틀림없다.

"민들레야. 노란 민들레." 그이가 알아듣도록 크게 소리친다. 요즘 한창 피어
나고 있는 민들레가 틀림없었다.

베란다 창틀과 시멘트로 된 벽 사이 틈에서 나오는 생명체다. 넓은 세상 다
놔두고 그 틈에서 씨앗을 틔운 민들레에게 힘찬 박수를 보낸다. 어떻게 8층까
지 꽃씨가 날아와 좁디좁은 창틈에 싹을 틔웠단 말인가. 그 생명이 놀랍고 신비
스러워 들여다보고 또 보면서 자리를 뜨지 못하고 있으려니 남편이 다가와 또
한마디 한다.

별것도 아닌 것을 가지고 호들갑이라나? 씨앗이 날아들어 봄이 되니 싹이 텄을 것인데 신기할 것도, 수선을 떨 것도 없다며 철 좀 들란다. 집에서는 괜찮지만 어린애처럼 장소를 가리지 않고 보이는 것마다 감탄이 터져 나오니 듣는 사람들을 좀 생각해서 조심하란다. 그만한 나이가 되면 신경이 무디어진다는데 어찌 된 사람이 그 도수를 더해가니 이해할 수가 없다며 맺혔던 마음이라도 풀어내는 사람처럼 말이 길어진다.

남편의 핀잔을 들어도 할 말은 없다. 나이 들면서 점점 남들은 별것 아니라고 하는 것들이 내겐 모두 신비스럽고 놀랍기만 해 그 마음을 다스릴 수가 없다. 감탄은 보이는 동시에 튀어나오니 말이다. 주책이라 생각되면서도 마음과 행동이 다르게 나타난다. 어느새 뱉어버린 말을 주워 담을 재주도 없다. 아니 남이 걱정돼 보고 느끼는 감정을 억누르며 살아야 한다면 그 고통을 어찌 감당할 수 있겠는가. 터져 나오는 감정을 왜 다스려야 하는지 오히려 나는 그렇지 않는 그이가 이상하게 생각된다.

새댁이었을 때 처음으로 남편 형제들과 여행을 갔었다. 벚꽃이 한창인 경주의 보문단지를 차로 돌아볼 때였다. 뒷좌석에 큰아주버님 내외분이 계시니 튀어나오는 감정을 누르느라 이를 악물고 진땀을 흘리며 다녔다. 그렇게 며칠을 다니다가 집에 돌아오니 열병이 나버렸다. 우러나는 마음을 실컷 털어내지 못하고 다니는 여행은 지옥인 것이다. 다시는 그런 여행을 하지 않겠다는 결심까지 했을 만큼 몸살이 심했었다.

하지만 자연을 좋아하는 내가 여행을 가지 않는 것은 더 큰 아픔이었다. 다음 해는 염치고 뭐고 생각하지 말자고 당차게 마음을 먹고 여행길에 올랐다. 한 번 두 번 아무도 없다 생각하며 어디서든 나오는 감정을 토해내다가 보니 그것에도 익숙해져 여행이 즐겁기만 했다.

몇 년 전까지만 해도 여행을 다니면서 천방지축인 나를 응원해주는 분이 계셨다. 아니 같이 좋아하시며 박수쳤던 친정아버지셨다. 아버지와 함께라면 더 많이 보이고 더 즐거웠다. "그래, 여행은 이렇게 몸도 마음도 즐거워야지. 부지런히 경치를 중계하거라. 네 환호성에 세상이 더 아름다워 보이는구나." 맞장구 쳐주시면 더 많이, 더 멀리 자연을 느끼며 한껏 즐거워 아버지와 여행을 다녀오면 더 건강해진 듯 몸이 가벼웠다. 하지만 지금은 다시는 오실 수 없는 먼 곳으로 가신 지 오래다.

올봄 벚꽃놀이는 시기를 잘 맞춰 벚꽃 잔치 속을 누비며 다녔다. 수안보온천제도, 제천 벚꽃 축제도 함께했다. 수안보에서 청풍호까지 30여 분 걸리는 길에도, 청풍교를 건너 그 호수를 제천 쪽으로 끼고 또 한 시간을 달리는 길에도 벚꽃은 우리를 환영하듯 활짝 웃으며 꽃잎을 날려주고 있었다. 온통 세상이 벚꽃으로 뒤덮인 듯 보였다. 다른 곳은 갈 생각조차 하지 않고 날마다 같은 길을 오가다보니 어느 순간 꽃을 타고 날고 있는 마음이었다. 그 마음으로 계속 소리치고 다닐 때도 남편은 함께 즐겨주더니 오늘은 딴 사람인 듯 냉랭하다.

철이 없으면 어떤가. 신비스러운 생명을 별것도 아니라는 그이와는 말하기도 싫다. 서운함을 가라앉히고 주전자에 물을 가져온다. 틈새를 겨냥해 조금씩 물을 주며 노란 꽃잎이 빨리 바깥세상으로 나와주기를 바라는 마음이다. 물이 넉넉히 스며들기를 기다리며 세상 밖으로 나오는 순간을 상상하니 그 노란 꽃잎은 우리 집의 등불이 될 것만 같다. 이 신비스런 생명이 세상 구경 나오는 날에는 조촐하게 파티라도 열어줄 것이다.

2013. 5.

금낭화 피어있는 집

금낭화가 피어있다. 반가운 마음에 그 앞으로 다가선다. 길가 담장 밑에 핀 금낭화는 여전히 새색시처럼 수줍은 모습이다. 누가 이 척박하고 외진 곳에 심었을까. 나는 금낭화를 보고 또 보며 시골집을 떠올린다.

시골 우리 집에는 어디든 금낭화가 피어있었다. 화단은 물론 뒤란에도, 대문 밖 담장 밑에도 피어나 보잘것없던 시골집에 활기를 불어넣어 주었다. 그 활기는 대문을 여는 순간 내게로 안겨왔다. 봄이면 화단 가득 피어 주인을 맞던 금낭화는 언제나 문 쪽을 향해 허리를 굽힌 모습이었다.

시골집을 떠나온 지 불과 일 년이다. 남편은 팔고 싶지 않다는 집을 내가 우겨서 팔았다. 그때 마음 같으면 쉽게 생각나지 않을 것 같던 시골집이었는데 벌써 힘들었던 일을 잊어버린 듯 문득문득 떠오르곤 한다.

친정아버지가 계실 때는 우리들이 내려가 편안히 쉴 수 있는 쉼터였다. 어머니가 소원하시던 빨래터가 있는 앞개울에서 고기를 잡고 다슬기를 줍고 돌다리를 건너며 어린 시절을 회상하곤 했다.

20여 년 전 어느 봄날이었다. 세검정 사는 친구가 새벽부터 꽃구경 오라는 전화를 했다. 나는 무슨 꽃이 얼마나 아름답기에 이렇게 일찍 전화를 했을까 궁금해 서둘러 그의 집으로 갔다. 대문을 들어서는데 집안은 온통 꽃 대궐이었다. 다른 친구들도 벌써 와서 꽃구경을 하고 있다가 나를 반겼다. 둘러보니 거의 한

종류의 꽃이었다. 이름도 모르는 꽃이었지만 어딘지 청순한 느낌으로 다가온 그 꽃 이름이 금낭화였다. 진분홍 꽃주머니 속에 하얀 입술을 쏙 내밀고 꽃술을 오물거리고 있는 아가의 모습이었다. 그 꽃송이가 가는 줄기에 여러 개 나란히 달려 수줍은 듯 허리를 굽히고 있으니 그 자세 또한 마음에 들었다. 꼭 기품 있는 여인의 모습이라고 할까. 볼록볼록한 주머니는 우리 할아버지의 이야기보따리를 간직하고 있는 것처럼 보여 더욱 정감이 갔다. 집 안팎을 돌고 또 돌아보며 그 아름답고 신비스러운 모습에서 눈을 떼지 못했다. 예쁘게 꽃을 가꾸고 있는 친구가 너무 부러웠다. 친구에게 금낭화를 기르는 법을 가르쳐 달라고 했더니 가꾸기도 쉽고 번식도 잘한다며 아무나 기를 수 있는 꽃이라고 했다. 그 말을 들으니 시골 우리 집에도 금낭화를 심고 싶었다.

친구 집을 나설 때는 금낭화를 욕심껏 얻어들고 집으로 왔다. 다음날 시골집으로 내려가 화단 가장자리에 심으면서 마음속으로 빌었다. 더도 덜도 말고 친구 집 닮은 꽃집이 되어주기를 빌었다. 삭막한 시골 우리 집에도 금낭화의 꽃대궐을 만들어 달라고 소원하며 심었다. 금낭화는 내 바람을 저버리지 않았다. 해가 더할수록 퍼져나갔다. 봄이면 심어 가꾸던 일년초의 자리까지 금낭화가 차지하며 화단을 뒤덮었다.

점점 뒤란으로, 또 대문 밖으로 씨앗이 날아가 싹을 틔웠다. 내 바람보다도 더 빨리 퍼져나갔다. 신경을 써주지 않아도, 거름을 주지 않아도 봄이면 튼실하게 자라면서 내 마음이 흡족할 만큼 꽃을 피웠다. 마을 사람들도 집 안팎으로 핀 꽃이 예쁘다며 우리 집을 찾아와 꽃을 감상하다가 한두 포기씩 얻어갈 만큼 금낭화는 모두들 좋아하는 꽃이었다.

금낭화는 개망초나 코스모스처럼 다복하게 모여 피어있어야 그 아름다움을 더하는 꽃이다. 송이송이 가는 줄에 허리가 휘도록 매달려 피어있어 청순하고

131

애처로움까지 간직한 금낭화, 그래서 내 마음, 아니 많은 사람들의 마음을 사로 잡는 꽃이라 여겨진다.

내가 심어 가꾸던 예쁜 꽃 금낭화. 이 봄도 아름답게 꽃을 피우고 나를 기다 리고 있으리라. 외진 곳에 외롭게 핀 금낭화를 보면서 어느새 추억의 꽃이 되어 시골집을 그리워한다.

2012. 6.

값진 선물

　　이른 새벽 운동하기 위해 K중학교 운동장으로 간다. 점점 둔해지는 몸을 위해선 잔디 깔리고 운동기구가 있는 학교 운동장만큼 좋은 곳이 없다. 몸을 단련하는 일이 우선이지만 또 다른 이유가 있다. 운동장을 돌면서 입을 크게 벌려 하나, 둘, 셋, 수를 세는 운동, 늘어지는 얼굴의 피부 탄력을 위해서다. 10바퀴를 돌고 뒷걸음치는 내내 그 숫자 세는 놀이는 계속된다.

　　그 방법은 운동선수들의 탄력 있는 몸매와 피부를 보면서 생각해냈다. 그들의 꾸준한 반복 운동이 몸을 단련시키는 기초가 된다고 한다. 피땀 흘리며 노력하는 선수들의 강인한 정신을 보며 그들을 닮아보겠다고 마음 다졌다. 이왕에 하는 운동, 더 열심히 팔도 힘껏 휘저으며 걷다 보니 더욱 힘이 솟는다.

　　얼굴 근육을 움직이는 운동은 하루하루 또 다른 방법으로 발전해간다. 발성 연습을 하던 아·에·이·오·우가 그것이다. 또 다른 입놀림이니 그 방법도 안성맞춤이라 생각되어 반복하고 있다.

　　내가 하는 운동은 캄캄한 새벽이 아니면 할 수 없는 운동들이다. 또 혼자 걸을 때가 가장 효과적이다. 거리낌 없이 입을 벌리고 다무는 모양은 스스로 생각해봐도 웃음이 나온다. 하지만 보는 사람이 없고 어두우니 가능하다. 가끔 노래도 부르고 그 장단을 맞추느라 고갯짓도 하며 걸었다. 어지러웠다. 걸으면서 할 수 있는 운동이 아니었다.

겸할 운동기구를 찾아낸 것이 허리 돌리기 운동기구다. 손잡이를 잡고 발판에 올라 허리를 곧게 펴고 허리만을 돌리라고 명시되어 있다. 하지만 나는 목돌리는 운동을 겸한다. 허리를 돌리면서 고개도 같이 돌리니 힘도 덜 들고 고개가 한껏 돌아가 목운동이 제대로 되는 것 같다. 턱 부분의 탄력을 기르는데 더욱 효과적이라 생각되어 그 운동도 빼놓지 않는다.

몸 단련보다 훨씬 먼저 찾은 곳이 또 있다. 나이 들면서 허전해지는 마음, 커가는 아이들을 보면서 더 그랬다. 각자 가는 길이 있어 쉬지 않고 힘차게 달려가는데 자신만 목적 없이 흐느적거리고 있으니 한심했다. 허전한 마음을 채워줄 곳을 찾아 나섰다. 이곳저곳 여러 곳을 다녀봤다. 안내를 받아 들어가 보면교실 하나에 빼곡히 들어앉은 여인들의 모습이 답답해 보여 두말없이 돌아서기를 몇 번이던가.

그렇게 찾아다닐 때 우연히 찾게 된 곳이 지금 다니는 곳이다. 멋지게 다듬어진 교정이 한눈에 들어왔다. 안내장을 보면서 단번에 마음을 정했다. 수강하고픈 과목이 매일 나와야 될 만큼 많았다. 토요일에도 유명 인사들의 특강이 있어온통 시간을 학교에서 보내야 했다. 아이들도 다 컸고 교통도 편하니 그날로 수강신청을 해놓고 돌아왔다.

아름다운 교정에서 나만의 새로운 삶이 시작되겠다는 생각에 밤잠을 설쳤다. 꼭 꿈을 꾸고 있는 것 같아 다음날 다시 교정을 찾았다. 교정은 여전히 나를 반겼고 포근히 감싸주었다. 숲이 우거진 오솔길을 걸으며 생활의 뒤안길에서 잊어버린 지 오랜 '희망'이란 단어를 찾아냈다. 눈에 보이는 것 모두 감사했다. 좁은 오솔길이 나의 갈 길을 인도하는 것 같아 걷고 또 걸었다.

교육원을 처음 들어서면서 그 벅찼던 마음은 28년이 지난 지금도 여전히 감동으로 다가온다. 새 한 마리, 꽃 한 송이, 풀 한 포기를 바라보는 마음이 지난날

과는 달랐다. 몸과 마음을 가꿀 수 있는 터전, 또 평생을 다닐 수 있는 곳이니 세
상이 내게 준 가장 값진 선물이다.

2013. 3.

몽당숟가락

　　몽당숟가락! 그 이름을 듣는 순간 내 어린 시절이 밀물처럼 밀려온다. 하루에도 몇 번씩 제자리에 잘 있는지 살피던 친구를 이처럼 오래 잊고 살다니. 넉넉해진 삶이 나를 그토록 무정하게 만든 것인가?

　어렸을 적 감자 껍질을 벗기는 일은 내 몫이었다. 몇 살 때부터 그 일을 했는지 기억은 없다. 밥을 지을 때 부뚜막에 기어 올라가 앉아야 겨우 두 손으로 무쇠솥뚜껑을 밀어서 열 수 있었으니 어지간히 작은 애였다. 보리쌀을 애벌 끓여 놓고 쌀을 씻어 그 가운데 안치고 껍질 벗긴 감자를 빙 둘러놓으면 불을 때기 시작했다.

　쌀밥은 할아버지께 드려야 하는 것을 알기에 어린 나이에도 신경을 많이 쓰며 밥을 안쳤다. 목화를 따거나 고추를 따는 날이면 밭이 멀리 있어 언제나 엄마가 해가 진 뒤에 들어왔다. 그런 때는 맏딸인 내가 밥을 지어야 한다고 생각했으니 엄마가 밥을 할 때 유심히 보아두었던 것이다.

　우리 집은 감자 농사를 많이 했다. 밭에는 물론, 논에도 일찍 감자를 심어 모를 심기 직전에 거두어들였다. 감자는 캘 때부터 큰 것과 작은 것을 흙바닥에 따로 모아놓았다. 큰 것은 바람이 잘 통하는 시원한 광 한쪽을 말끔히 치우고 볏짚을 펴 놓은 다음 거기다 산더미처럼 자꾸 날라다 부었다. 작은 감자는 아예 집에도 들여오지 않고 껍질째 개울물에 씻고 또 씻어 큰 항아리에 가득 넣고 썩

혀 녹말을 만들었다.

우리 집에선 늘 새참으로 감자를 삶아 조청과 함께 방앗간으로, 또 일을 하고 있는 들로 내갔다. 나는 엄마가 일어날 때 같이 일어나 감자 까는 일을 도왔다. 감자를 까면서 내 손이 참으로 못생겼다고 생각했다. 손톱이나 손가락에 감자 물이 쇳물처럼 들어 흉하게 보인다는 생각을 못했었다. 그 후 어느 날, 문득 흉측한 생각이 떠올랐다. 보기 싫은 손가락마저 자꾸 감자를 까다 보면 몽당숟가락처럼 닳아버리지 않을까 하는 생각이 스쳤기 때문이다.

숟가락을 내동댕이치고 텃밭에 있는 엄마에게 달려갔다. 흙으로 버무려진 엄마 손에 흙을 털어내며 손가락이 닳아있나 살펴봤다. 엄마가 놀라 무슨 일이냐고 물었다. 엄마는 일을 많이 하니까 몽당숟가락처럼 손가락이 닳아버렸나 봤다고 했다. 그 말을 듣던 엄마는 배를 움켜쥐고 흙바닥에 주저앉아 웃었다. 일을 많이 해 손가락 닳았다는 말은 들어본 적 없다며 민망할 정도로 자꾸 웃기만 했다. 잠시도 쉬지 않고 일을 하는 엄마 손톱은 닳아 있었지만 손가락은 말짱하니 그 말이 맞는 것 같아 안심을 하고 다시 와서 감자 껍질을 벗겼다.

날마다 버릇처럼 새참으로 먹을 감자까지 큰 물박 가득 벗겨놓고 학교를 갔다. 저녁에도 예외는 아니었다. 가족이 밥에 섞어 먹을 감자도 아침만큼 까야 했으니 내 빠른 손놀림은 그 누구도 따르지 못했다. 손놀림이 빠를 수 있는 것은 몽당숟가락 덕이라는 것을 몰랐다. 어느 아침, 몽당숟가락을 찾다 못해 보통 숟가락으로 감자를 벗겨야 했다. 빨리 깔 수가 없었다. 숟갈이 감자에 착 붙지 않아 깔끔하게 벗겨지지도 않았다. 겨우 큰 물박을 채우고 나니 너무 늦어 아침밥도 먹지 못하고 뛰어서 학교에 갔다.

그때까지는 몽당숟가락이 나를 도와주고 있다는 생각을 못했었다. 할아버지가 감자껍질을 빨리 벗기는 내 손놀림을 보고 늘 칭찬을 하셨으니 으레 그런 줄 알고 있었다. 나는 가끔 친구들에게 감자 한 물박을 벗겨놓고 왔다고 자랑을 했는데 그것이 아니었다. 감자에 몽당숟가락을 가져다 대면 빈틈없이 착 달라붙어 긁어내리면 깔끔하게 빨리 벗겨지는 것을 모르고 내 손놀림이 빨라 그렇다고 착각했던 것이다.

몽당숟가락이 없어져 혼난 뒤로는 그 숟가락을 아무 데나 둘 수가 없었다. 그래서 숟가락 둘 장소를 물색했다. 감자가 있는 광 벽에 두는 것이 좋겠다고 생각했다. 기둥에다 못을 밖아 잘 보이도록 끈에 작은 고리를 만들어 끼워서 매달았다. 그리곤 쓸 때는 물론, 들고 날 때마다 제자리에 잘 있는지 신경을 쓰며 눈을 마주치게 되니 어느덧 내 친구처럼 느껴졌다.

나보다 더 몽당숟가락을 소중하게 여기며 사시던 할머니가 우리 동네에 계셨다. 산 밑 언덕진 곳, 다 쓰러져가는 집에 혼자 사셨다. 치아가 한 개도 없는 머리가 하얀 할머니였다. 무엇이든 몽당숟가락으로 긁어서 드셨다. 엄마의 심부름으로 떡이나 삶은 감자, 고구마를 갔다가 드려도 그것도 몽당숟가락을 이용하셨다. 무엇이든 긁어야 입에 넣으시던 할머니! 몽당숟가락이 내 자식이라며 손에서 놓지 않으시던 할머니였다.

그 시절엔 몽당숟가락이 집집마다 있었다. 사람의 몸이 일을 많이 한다고 닳는다면 몽당숟가락처럼 반 토막이 된 사람이 얼마나 많았을까. 우리 엄마 세대만 해도 시골에선 손톱, 발톱이 다 닳도록 일만 하며 사셨다.

우리 선조들이 몽당숟가락처럼 자기 몸을 희생해 넉넉한 세상을 일궈놓았다. 요즘 젊은이들은 선조들의 그 노고를 짐작이나 할까.

떠나지 못하는 이유

샛길로 들어선 길을 오래도 헤매고 다닌다. 할 일을 찾다가 우연히 들어가게 된 수필 교실, 내게는 너무나 어울리지 않는 잘못 들어간 샛길이었다. 하지만 수업에 임하는 수강생들의 진지함에 마음을 빼앗기고 말았다. 다음 시간도 또 다음 시간에도 그 자리에 앉아있는 자신을 발견하면서 얼마나 당황스러웠던가. 저토록 열심들인데! 지금껏 나는 무엇을 하고 있었단 말인가. 자책을 하고 그들과 비교를 하며 마음이 어지러운 시간을 보내고 있을 때 친구는 언제나 내 마음을 다독여 주었다. 그런 나에게 또 교정이 한몫을 했다.

가창반 선생님은 늘 교정 이야기로 수업을 시작했다. 서울에서도 몇 안 될 만큼 멋지고 잘 가꾸어진 아름다운 교정이라며 그런 곳에서 배우는 수강생들이 큰 복이라 했다. 등나무 밑에 친구들과 모여 앉아 이야기를 나누고, 흙으로 된 오솔길을 걸으며 노래를 불러보라며 주옥같은 곡들을 많이 가르쳐 주었다.

정말 등나무 밑 의자에 앉아보니 비둘기가 몰려와 먹이를 쪼는 모습, 꽃이 많이 피어나니 나비와 참새도 날아들었다. 자연과 접하며 마음도 정화되어가고 나를 돌아보며 세상을 다시 보게 되었다. 모든 생명들이 아름다웠다. 소녀 시절로 돌아간 듯 웃음이 헤퍼지긴 했지만 슬픔을 나누며 우정을 다져갔다.

시대를 잘 타고난 수강생들이라는 강사들의 말을 들을 때마다 나를 일깨워주는 그 교수님이 고마웠다. 내 엄마의 삶과 비교를 하며 엄마 생각에 마음이

04. 위로하는 가족들 | 박성숙 수필집

139
넷 | 위로하는 가족들

짠해왔다. 오직 일만 하다가, 가족을 위하여, 아니 자식들을 위해 희생만 하다가 떠나신 엄마들과는 너무나 다른 세상에 살고 있다는 사실을 알게 되었다. 내게 어울리지 않는다는 투정도 어느 사이 사라져 버렸다. 늦게나마 잡은 수필을 옹골차게 써보겠다는 결심을 하며 강의에 귀 기울이려 애를 썼다.

그 마음을 다잡기 위해 산을 자주 올랐다. 늘 갈래 길이 있어 어느 길을 택할까 고민을 했었다. 넓은 길보다는 좁은 오솔길이 언제나 마음을 끌었다. 고불고불한 오솔길은 확 트인 넓은 길보다 매력이 있었다. 몇 발자국 앞도 어떻게 이어질지 몰라 상상을 하며 걷게 되니 수필도 해 볼 만하지 않을까 생각되었다.

잘 꾸며진 교정에서 좋은 선생님의 강의를 듣고 남은 갈 길을 의논하며 살아간다는 일에 감사해야 했다. 하지만 수필쓰기는 아무리 결심을 해도 내 손이 닿지 않는 먼 거리에 있었다. 그런 나를 일깨우며 내가 갈 길은 이 길뿐이라는 마음으로 다지고 또 다졌다. 어렸을 적 하늘의 별을 따겠다고 언덕에 올라 긴 바지랑대를 휘두르던 꼴이 될망정 중단하진 말자는 결심이었다.

며칠 전에도 숙제를 하다가 말고 나도 모르게 써놓은 말이 '머릿골 아픈 친구'였다. 나는 왜 자꾸 그런 생각이 들까 생각해봤다. 고등학교 일 학년 때 국군 장병에게 위문편지를 보냈던 일이 떠올랐다. 위문편지를 밤을 새워 썼어도 모두가 마음에 들지 않아 몽땅 찢어버렸다.

날이 훤히 밝아오자 몸이 달아 결국은 한 줄, "국군 아저씨께" 달랑 윗줄에 그 한 줄만 써서 봉투에 넣어 봉해 학교에 가져갔었다. 그 위문편지를 그대로 보냈으니 화가 난 국군 아저씨가 막말로 답장을 써서 보냈던 것이다. 그 답장이 학교에 퍼져나가 나는 한참 동안을 그 부끄러움에서 헤어나지 못했었다. 엄마가 보낸 편지의 답장조차도 쓸 자신이 없었고 글 쓰는 일이라면 생각만 해도 머릿골이 지근거렸다.

그런데 지금까지도 그 길을 벗어나지 못하고 있다. 그렇게 머릿골 아픈 친구를 떠나지 못하는 이유는 무엇이란 말인가.

2013. 5.

속으로 이렇게 우는

예술의전당 콘서트홀을 향해 오른다. 계단을 다 올라서니 분수
쇼가 아름답게 펼쳐지고 있다. 더 가까이서 보고 싶어 그리로 향하는데 나를 부
르는 소리가 들렸다. 노랗게 익어가는 감나무 아래 친구들이 가을 저녁을 즐기
고 있다.

우리들은 창작가곡을 감상하기 위해 이곳을 찾았다. 창작가곡이니 많은 기대
를 했다. 일행은 서둘러 연주홀로 들어간다. 프로그램을 살펴본다. 창작가곡연
주회를 열어온 지 10년이 되었다 하고, 그간 연주된 창작가곡이 149곡에 이른
다고 했다.

노래를 좋아하는 친구들이라 가곡연주회가 열리는 공연장은 열심히 찾아다
녔다. 함께 할 친구가 없는 날에도 혼자 다녀왔을 만큼 가곡 연주회는 생활의
한 부분이 된 지 오래다. 그런데 10년이나 된 창작가곡연주회를 그 누구도 알지
못해 처음 오게 되었다. 아무리 생각해도 믿어지지 않는 세월이 흘렀다.

간단한 인사말 뒤에 막이 올랐다. 처음으로 연주될 곡에 기대가 컸다. 우리가
부르던 가곡보다는 더 참신하고 아름다운 곡을 기대하며 마음이 설레어왔다.
우리 정서에 맞는 가곡은 언제나 듣고 싶은 노래다. 친구들은 서로를 가곡 중독
자라 불렀을 만큼 우리 가곡을 아끼며 사랑했다.

한 곡 한 곡 부를 때마다 내 귀를 의심했다. 새 창작가곡을 들으면서도 감동

이 오지 않는다. 내 작은 마음 하나 채워주지 못하는 창작가곡을 들려줄 것이
란 생각을 못했다. 더구나 우리가 애창하던 가곡에서 더 큰 허탈감이 밀려왔다.
그 유명한 곡을 악보에서 눈을 떼지 못하고 부르는 모습이 한없이 실망만을 안
겨주고 있다. 마지막으로 노래한 「갈대」와 「너를 닮은」에서 마음의 평정을 얻는
다. 갈대의 아름다운 가사에 마음의 위로를 받았다고 할까? 그 가사를 마음에
담아두고 싶었다.

언제부턴가 갈대가 속으로/ 조용히 울고 있었다./ 그런 어느 밤이었을 것
이다. 갈대는/ 그의 온몸이 흔들리고 있는 것을 알았다./ 바람도 달빛도 아닌
것/ 갈대는 저를 흔드는 것이/ 제 조용한 울음인 것을 까맣게 몰랐다./ 산다는
것은 속으로 이렇게 조용히 울고 있는/ 것이라는 것을 그는 몰랐다./

오늘 들은 곡들이 창작가곡이라 했다. 우리가 항상 듣던 가곡을 너무 좋아했
던 탓이란 말인가. 우리가 애창하던 가곡들의 수준이 너무 높아서였다고 마음
을 달래본다. 워낙 마음에 드는 좋은 곡을 오랜 시간 듣고 불러왔으니 웬만한
노래는 마음에 흡족할 리 없다고 이구동성으로 말한다.

요즘 딴 분야의 음악에서도 새로운 창작을 많이 시도하고 있다. 내가 관심을
두지 않던 노래, 사라져 가던 노래, 그 옛날 노래도 새롭게 태어나 큰 감동으로
관중을 불러 모으고 있는 세상에 우리는 살고 있다. 새 감각으로 편곡하고 정성
을 다해 불러 잊혀가던 노래에 생명을 불어넣는 요즘 젊은이들이다. 그 곡을 불
렀던 가수를 감탄케 하는 수준의 노래로 무한정 발전하고 있다. 마치 새로운 장
르의 음악이 탄생하는 것 아니냐는 호평을 받을 만큼 청중을 감동시킨다.

나처럼 관중들도 감동으로 몰아갈 수 있는 창작가곡의 탄생을 갈망하고

오지 않았을까? 언제나 가곡을 감상하고 돌아올 때에는 그 감동이, 여운이 오래
도록 남아 살아가는 데 힘이 되었었다. 그 마음이 가곡을 더욱 사랑하게 되었고
가곡 연주홀을 찾게 되는 계기가 되었는데. "창작가곡", 그 명제답게 새로운 감
흥을 바라던 마음이 너무 큰 욕심이었을까. 콘서트홀을 나서는 마음이 어둠 속
처럼 답답하다.

2012. 10.

곡을 하는 여아들

"삼 년째 저렇게 곡을 한다니까."

"아이구, 저 어린것들이 이 더운 여름에 딱하기도 하지."

밖에서 지나가는 사람들의 걱정하는 소리가 들려도 우리는 하던 일을 계속한다. 어린것들이 엎드려 '아이고, 아이고' 어른들 곡하는 흉내를 내는 것이다. 그뿐이랴, 절도 부지런히 하면서 어떤 것을 집을까 머리에는 온통 제상에 놓인 과일 생각뿐이다.

아주 어렸을 적 고조할아버지가 돌아가셨을 때의 일이다. 궤연几筵에서 초하루, 보름으로 삭망朔望을 지냈다. 그때마다 상제들은 곡을 하고 절을 올렸다. 그리곤 음복하고 상복을 벗어 벽에 걸어 놓으면 그 방을 나왔다.

우리는 어른들과는 달리 시도 때도 없이 그 방에 들어가 어른들 흉내를 냈다. 제상에는 먹을 것이 많았다. 떡과 밤, 대추, 곶감은 물론 철 따라 오르는 과일이 달랐다. 큰 소리로 곡을 하고 절을 하며 제상 앞에 서서 "고조할아버지 과일 한 개만 주세요." 말을 하기가 바쁘게 까치발을 하고 서서 과일 한 개를 손에 들면 미련 없이 그 방을 나오며 행복했다.

어른들의 곡소리를 흉내 내는 우리는 동갑내기 3명의 여아들이다. 4살 때 돌아가셔서 그때부터 궤연을 드나들었다지만 초상初喪과 소상小祥 때의 일은 기억이 많지 않다. 까치발을 하고 과일을 꺼내던 기억만은 또렷이 떠오르니 삼년상三年

喪의 마지막인 대상大祥, 즉 우리들이 6살 때의 일이다.

군것질감이 귀했던 시절 밖에서 놀면서도 그곳에 놓여있을 과일 생각뿐이었다. 과일 한 개를 얻기 위해 목이 터져라 곡을 하고 또 절을 하고 나면 땀이 줄줄 흐를 때도 있었다. 하지만 과일 한 개가 손에 들렸을 때의 그 기분은 배가 고플 때 밥을 먹는 기쁨보다 훨씬 대단한 것이었다.

할아버지 삼 형제분이 한 마을에 사셨다. 곡을 하는 셋 중, 나만 큰할아버지의 손녀였고 둘은 둘째, 셋째 할아버지의 딸이었으니 나에게는 당고모가 된다. 우리는 언제나 붙어 다니며 자매처럼 지냈다. 그런 우리에게 함께할 일이 주어진 것이다. 곡을 해야 제상에 놓인 과일 한 개를 먹을 수 있었으니 그것을 얻기 위해 부지런히 궤연을 드나들었는데 큰고모들은 무섭다며 근처에도 얼씬하지 않았단다. 처음 제상의 과일을 마구 들고 나오는 어린것 셋을 목격한 할아버지가 묘안을 생각해 냈던 것이 "제상의 과일은 곡을 하고 절을 많이 해야 먹을 수 있는 과일이다." 절을 하고 나면 "고조할아버지께 다가가 과일 한 개만 주세요." 하고 꼭 한 개만을 집어야 "이놈" 하지 않는다고 덧붙이셨다. 어린것들이 딱 한 번 일러준 그 말을 탈상脫喪할 때가 다 되었는데도 실천하고 있다며 "역시 내 새끼들"이라고 웃으시곤 등을 토닥여 주셨다.

커서 안 일이지만 할아버지는 제상의 밤, 대추가 떨어질 때쯤이면 초하루 보름이 아니라도 언제나 준비했다가 말 잘 듣는 어린것들이 실망하지 않게 제기祭器에 채워놓으셨다고 했다. 또 저 어린것들이 잘 자라도록 살펴달라고 할아버지 역시 우리가 곡을 할 때 간절한 마음이 되더란 말씀도 하셨다. 군것질감이 귀했던 시절이니 그런 배려가 없었다면 얼마나 재미없는 어린 시절을 보냈을까, 생각할수록 할아버지의 따뜻한 마음이 온몸으로 전해진다.

너무 어려 기억 못하는 4살 때의 일도 옛날이야기처럼 할아버지는 들려주셨다. 조그만 녀석 셋이서 들어가 곡소리가 난 뒤에는 일러준 대로 꼭 과일 한 개를 들고 나왔다. 하지만 저 자그마한 녀석들이 어떻게 높은 제상의 것을 내릴까 궁금했다. 문틈으로 들여다보니 한 녀석이 엎드리고, 한 녀석은 손을 잡아주고, 또 한 녀석은 등에 올라가 과일 3개를 집어 한 개씩 나누고 있었다. 그 모습이 얼마나 귀엽고 대견하던지 어린것들의 군것질감을 더 열심히 챙겼다는 할아버지다.

과일 하나를 얻기 위해 땀 흘리며 곡을 하고 절을 하던 어린 시절을 나 또한 가끔 떠올린다. 제상에는 떡과 과일이 가득 놓였고, 그 앞에는 어린 여아들이 엎드려 곡을 하고 절을 하는 모습은 지금도 나를 웃음 짓게 한다.

2013. 11.

아름다운 끈

　　원두막에 둘러앉아 점심을 먹는다. 베풀기 좋아하는 한 친구가 모두의 점심을 준비해 왔다. '세미원' 입구 왼편 야트막한 원두막, 거기다 낭만 어린 점심상을 차렸다.

　　보따리를 풀어 놓고 보니 도시락이 아니라 한정식이었다. 고기 반찬은 물론 굴비까지 준비했다. 나물류와 밑반찬, 후식까지, 어디에 내놔도 부족함 없는 밥상이다. 굴비를 뜯으라며 일회용 장갑까지 준비했으니 모두들 입을 다물지 못한다. 한 친구가 비닐장갑을 손에 끼며 빨리 먹잔다. 야외에서는 이렇게 먹어야 제맛이 난다나? 장갑 낀 손으로 밥을 먹기 시작하는 친구, 그 모습이 정겹다. 모두들 수저를 들다 말고 재미있다며 따라 한다.

　　오전 10시 30분, 중앙선을 타기 위해 9명이 옥수역에서 만나기로 했다. 한 친구가 짐을 메고 양손에 들고 힘겹게 오는 모습이 보였다. 모두들 쫓아가 받아들었다. 도시락을 준비해 왔다는 친구, 그는 가끔 이렇게 생각지 못한 일로 우리를 놀라게 한다. 짐을 나누어 들고 중앙선을 탔다. 중앙선은 도시를 벗어나 산과 강을 끼고 달린다. 산천의 수려한 경관을 보며 어린애들처럼 좋아한다. 옥수역을 떠난 지 한 시간 반인데 벌써 낭만 어린 원두막에 오른 것이다.

　　30년 전 평생교육원 합창반에서 만난 친구들이다. 오랜 세월 여행도 많이 다녔고 합창 연습하느라 해마다 합숙도 하며 지냈으니 그 친밀함이 남다르다. 합창을 그만둔 지 몇 해가 되었지만 늘 함께했던 시절이 그리워 만나고 있다. 그 무섭던 합창 지휘 교수님과의 추억은 언제나 노래로 이어지고 또 말문을 트는 서막이 된다. 세상을 떠나셨으니 더 보고 싶다는 친구들. 정말 잊을 수 없는 교수님이다. 평균 연령이 60이 넘은 단원들을 밤중까지 잡아 두고 교탁을 탕탕 치고 발을 구르며 호통을 치던 모습이 어제인 듯 다가선다.

첫 시간 첫 마디가 "본인 사망 외엔 출석"이란 말로 우리들을 제압했다. 그 말을 따르지 않을 단원은 당장 일어서 나가라며 엄포를 놨다. 그리곤 종료 시간을 무시한 채 합창 연습에만 열을 올렸다. 오후 2시에 시작해 5시면 끝내야 하는 수업을 밤중까지 잡아두고 왜 그렇게 음감이 둔하냐, 그 머리로 아내 노릇, 엄마 노릇은 제대로 했겠느냐며 우리들의 마음을 긁었다. 처음부터 길들이기 작전을 하고 나선 지휘 선생이니 따르기 싫으면 단원이 떠나는 길밖에 없었다. 하지만 어찌 된 일인지 포기는커녕 해가 갈수록 단원 수는 늘어 가고 한 끈에 묶인 순한 양이 되어갔다.

합창을 시작한 지 3년이 되던 해, 첫 정기연주회를 열겠다고 선포했다. 그동안 찬조 출연으로 경험을 쌓았으니 우리들만의 정기연주회를 하겠다는 말이었다. 봄 학기가 끝날 무렵이었다. 여름방학 때 합숙 훈련할 장소를 물색해 놨다는 선생님, 따라가서 보니 어설프기 짝 없는 장소였다.

피아노도 없는, 넓은 공간에 의자만 놓여 있는 썰렁하기 이를 데 없는 교실이었다. 피아노는 물론 합창 연습에 필요한 모든 것을 서울에서 대여해 와야 한다는 말에 기가 막혔지만 아무도 이의를 달지 못했다. 여우에 홀린 듯 합창 연습에 필요한 모두를 준비해 트럭에 싣고 그곳으로 갔다.

10여 일의 합숙 생활인데도 한 사람의 낙오자 없이 70명이 넘는 단원 모두 출석했다. 가는 날부터 맹연습에 돌입했다. 10일 동안 합창곡 20곡을 완벽하게 끝내지 못하면 집에 돌아갈 생각 말라는 단서도 달았다. 합창곡을 받아들고 모두들 놀랐다. 악보마다 4부 합창곡이었다. 악보를 보면서 노래를 해도 할지 말지 한 우리들 실력인데 교수는 의욕만 앞서갔다. 더구나 우리 합창단원은 전공자가 한 사람도 없었다.

밥 먹는 시간을 빼고는 연습 시간뿐이었다. 하루 종일 서 있는 합창 연습에 몸은 뒤틀려오고 발은 통통 부어올랐다. 저녁을 먹을 때는 숟가락질이 자유롭지 못할 만큼 손가락도 부어있었다. 그런 지경인데도 불평은커녕 한밤중 수업이 끝난 후에도 각자가 연습에 열을 올렸다. 마지막 날 밤은 악보 없이 무대에서 총연습을 끝냈다. 10일 동안의 고된 합창 연습은 전원이 20곡을 암기하는 기적을 낳은 것이다. 모두들 그 자리에 주저앉아 버렸고 해냈다는 벅찬 기쁨을 울음으로 토해내며 온 밤을 지새웠다.

그렇게 20여 년 길들여진 우리들은 지금도 만나면 노래로 시간을 보낸다. 들녘이나 숲속이 우리들이 만나 노래 부르는 무대가 된다. 아무도 없는 곳에서 마음껏 노래를 부르고, 날이 저물어 캄캄해야 집으로 향한다. 그런데 더욱 못 말릴 일은 차에 오르면서도 그 흥을 주체치 못해 흥얼거리다 사람들의 눈총을 받는 일이 다반사다. '본인 사망 외엔 출석'이란 그 호된 가르침이 이렇듯 평생의 아름다운 끈이 될 줄 어찌 알았으리.

2013. 5.

새벽의 악기 소리

　　이른 새벽 비질 소리가 리듬을 타며 들려온다. 아파트 후문을 나
설 때면 들리는 소리다. 반갑게 인사하는 소리도 이어서 들려온다. 컴컴해 잘 보
이진 않지만 청소를 하고 있는 미화원 아저씨임을 안다. 소리 나는 쪽을 향해
나 또한 큰 소리로 수고하신다며 답을 한다. 아파트가 생기고부터 이곳 청소를
맡아 한다는 미화원 아저씨지만 지난해 처음으로 인사를 하며 오가게 되었다.
나이 드시고 여윈 분이라는 사실도 그때 알았다.

　지난 겨울이었다. 후문을 나서는데 쓰레질 소리가 들리지 않았다. 귀를 기울
이며 들어봐도 조용하기만 하니 걱정이 앞섰다. 길을 쓸어가는 리듬이 내 발걸
음을 가볍게 했었는데… 장단을 맞춰주던 소리가 들리지 않으니 발걸음까지
무거웠다. 두리번거리면서 미화원이 쓸고 있을 길을 살피고 있을 때였다. 내가
지나는 마을버스 정류장 앞에 쓰러져 있는 사람이 보였다. 빗자루를 쥔 채 쓰러
진 모습을 보니 틀림없는 미화원 아저씨였다. 때마침 지나가는 사람이 있어 함
께 부추겨 목도리를 깐 의자 위에 눕혔다. 조금 있으니 의식이 살아나는 듯 말을
했다.

　'아 잠깐 정신을 놓았나 보네유. 나를 좀 일으켜 주세유.' 그를 부축해 일으켜
앉혔지만 앉아있을 힘도 없는지 몸을 다시 눕히며 조금만 누워있을 것이니 걱
정 말고 가라고 했다. 도와주던 이는 차 시간이 늦었다며 서둘러 가버렸고 나는

어찌해야 할지 몰라 쩔쩔매다가 집으로 뛰었다. 일으킬 때 보니 긴 빗자루가 버거웠을 것만 같은 앙상한 몸이었다. 그렇게 가냘픈 몸으로 그 오랜 세월 이 넓은 길을 쓸고 있었다니 마음이 짠해왔다.

내가 나오는 시간은 늘 컴컴해 누가 누군지 가늠하기 어렵다. 하지만 비질 소리만 들어도 늘 같은 사람임을 알 수 있었다. 그렇게 느끼면서도 다가가 수고한다는 말 한 번 할 줄 몰랐다. 그 한마디가 무에 그리 어려웠을까. 그 오랜 세월 쓰레질 소리를 들으며 한 번쯤 어떤 사람일까 살펴봤을 법도 하건만 비질 소리에만 신경을 썼을 뿐 사람에게는 무관심했었다.

들어오자마자 남편이 입던 두꺼운 잠바와 털목도리, 또 마호병까지 찾아들고 다시 뛰어 그 자리로 왔다. 다행히 그는 그대로 누워있었다. 뜨거운 오차부터 따라주니 그는 두말없이 홀홀 마시더니 더 달란다. 옷까지 입혀주고 목도리를 목에 돌려주며 바로 앞 수위실에라도 들어가 몸을 녹이자고 했지만 절대 사양이다. 조금만 더 있다가 내 몫의 일을 해야 된다며 손사래를 치니 어쩔 수가 없었다. 마음이 놓이진 않지만 내가 할 수 있는 일, 도와줄 수 있는 일은 그뿐이었다.

새벽 네 시 반, 오늘도 나는 후문을 나서며 비질 소리에 귀 기울인다. 대부분 사람들이 잠을 자고 있는 시간이다. 하지만 미화원은 언제나 같은 모습으로 길을 쓸며 더욱 큰 소리로 인사를 해온다. '안녕하세유.' 목소리에 힘이 있어 보이니 건강한 것 같아 마음이 놓여 운동하러가는 발걸음이 가볍다.

새벽길에서 만나는 사람은 거의가 부지런한 사람들이다. 남들이 곤히 잠자고 있을 때, 그 단잠을 박차고 일어날 수 있는 용기와 끈기, 모두들 건실한 사람이라 믿어진다. 하지만 그들은 다른 사람들보다 허리가 휘도록 일을 열심히 하는데 풍족하게 살지 못하는 것 같아 안타깝다. 새벽잠을 설치며 성실히 일하는 미화원들이 잘 살 수 있는 세상이 되었으면 하는 바람을 가져본다.

2015. 1.

꿀단지

　　감기 기운이 있어 꿀단지를 가져다 놓는다. 하얀색의 꿀단지가 정겹다. 어렸을 적 할아버지가 애지중지 여기시던 꿀단지를 닮아서인지 늘 보던 얼굴처럼 낯설지 않다.

　　지난가을 남동생이 가져온 것이다. 친구 딸의 결혼식이 있어 참석했다가 주례를 보는 이종사촌 형인 신부님을 만났단다. 신부님이 계시는 성당이었던 것이다. 예식이 끝나고 신부님이 거처하는 곳으로 안내되었는데 상자 두 개를 내오더니 구하기 힘든 토종꿀이라며 누님께 하나는 전해 달라고 하더라면서 가져왔다. 그 상자 안에는 하얀 꿀단지가 들어있었다. 토종꿀은 만나기 힘든 귀한 것이기에 요긴할 때 쓰려고 깊숙이 넣어 두었다.

　　나는 지금껏 가족들이 몸살기가 있을 때 민간요법인 꿀을 쓰고 있다. 할아버지가 하시던 방법 그대로 하면 웬만한 몸살기는 걷어낼 수 있었다. 배가 아파도, 목이 아파도, 기침을 해도 할아버지는 꿀단지를 내려놓고 한술 푹 떠서 계절에 맞게 시원하거나 따끈한 물에 타서주셨다. 하다못해 입안이 헐어도 혓바늘이 돋아도 꿀을 발라주시면 시나브로 나아버리는 신통한 약이었다.

　　윗마을에 가셨다가도 기침을 하거나 배가 아프다는 사람이 있으면 급하게 들어와 꿀단지를 들고 나가실 만큼 꿀을 명약으로 알고 사셨다. 그 소문이 퍼져 이웃 먼 동네 사람들까지 병이 나면 우리 집으로 달려왔다.

꿀은 할아버지가 가장 아끼는 명약이었고 또 신통하게 좋아졌다는 소식이 전해오곤 했다. 꿀단지는 우리 집에선 옛날 아낙네들이 화롯불을 꺼뜨리지 않게 인두로 꼭꼭 눌러 다독이고 건사하며 신경을 쓰던 불씨 같은 존재였다.

할아버지는 해마다 가을걷이가 끝나면 서둘러 다녀오는 곳이 있었다. 토종꿀을 하고 있는 친구 집이라 했다. 떠나시면 삼사일이 걸리는 것을 보면 꽤나 먼 곳이라 생각되었다. 우리가 사는 곳에서는 생산되지 않는 잣, 호두, 은행 같은 귀한 것들도 함께였다. 꿀단지는 언제나 서너 단지였다. 그것들은 약으로 쓸 것들이어서 할아버지 방 벽장 상자 속에 깊숙이 넣어두어 평상시에는 구경조차 할 수 없었다.

몹시 무덥던 어느 날 학교에서 돌아오는데 땀이 줄줄 흐를 만큼 더웠다. 냇물을 건너다 시원해지도록 발을 담가봤지만 여전히 더웠다. 목이 마르니 시원한 꿀물이 생각났다. 병이 나면 으레 타 주시는 것이지만 아프지 않을 때는 절대 아무에게도 주지 않았다. 나는 더워서 목이 마르기도 했지만 꿀물이 더 먹고 싶어 배를 움켜쥐고 대문을 들어섰다. 할아버지가 보이자 더 아픈 시늉을 하며 주저앉아버렸다. 할아버지는 놀라 나를 그늘 평상에 안아다놓고 허둥대시며 달려가 꿀물을 타와 손수 먹여주셨다. 그리곤 배를 양손으로 문질러 주시다말고 대침을 내오셨다. 대침은 순간 내 엄지손가락을 찔러 피가 나왔다. 할아버지는 혀를 끌끌 차며 말씀하셨다.

"빨간 피가 나오는 것을 보니 열 손가락을 다 따서 피를 많이 내야 할 것 같다. 양손을 다 내어놓거라." 하셨다. 나는 얼떨결에 일어나 쏜살같이 대문 밖으로 도망을 치는데 할아버지의 큰 웃음소리가 담을 넘어 들려왔다. 배를 눌러보는 순간 벌써 거짓말을 하고 있구나, 알아차린 할아버지였다.

거짓말을 하면서까지 먹고 싶던 그 꿀물을 한 컵 타가지고 와 들이키지만 옛날 맛이 아니다. 그때는 이 꿀물이 왜 그렇게 맛있어 자꾸 먹고 싶었던지…. 그 달콤한 맛은 아파서 누워 할아버지의 사랑을 독차지하며 꿀물을 받아먹고 있는 동생까지도 부러웠을 만큼 혀끝에 남았었다.

요즘은 약이 쏟아져 나오는 세상이다. 감기몸살에 꿀물을 타 먹고 있다면 누구나 어리석다며 웃을 일이다. 하지만 이 민간요법은 오랫동안 내 몸에 밴 처방이다. 벌써 그 한 잔으로 몸살기가 사라져버린 것 같이 정신이 맑아졌다. 늘 먹는다 해도 후유증이 없는 꿀이다. 옛 여인들이 불씨를 중히 여기듯 꿀단지 하나쯤 집에 두어볼 일이다.

2013. 3.

위로하는 가족들

　　베란다의 가족들에게 위로를 얻는다. 아이들이 다 커서 직장을 갖게 되었고 또 결혼해 제 갈 길로 떠나고 나니 집안이 썰렁해 마음 둘 곳이 없었다. 그때마다 활짝 웃고 있는 꽃들 앞으로 다가가 마음을 위로받는다. 위로뿐만 아니라 그들의 웃는 모습이 문득문득 어린 시절을 떠올려주기도 한다.

　　내 어린 시절은 베란다의 꽃들처럼 항상 웃음이 넘쳐났다. 시골이지만 정미소에다 농사도 지으며 그리울 것이라곤 없이 살았다. 더구나 착하고 예쁜 동생들이 여섯이나 있었으니 항상 집안의 웃음이 떠나질 않았다. 칠남매가 건강하게 잘 자라며 초등학교부터 대학에 이르도록 모두 학교에 다닐 때였다.

　　그렇듯 웃음 넘치던 우리 집에 어두운 그늘이 드리워졌다. 한 달이 흘러도, 반년이 지나도 사업을 한다며 부지런히 오가던 10식구의 가장인 아버지가 들어오지 않았다. 먹을 식량까지 떨어져 가는데 소식이 없으니 어머니가 날마다 새벽밥을 지어놓고 아버지를 찾는다며 나다니셨다.

　　어머니까지 집을 비우니 남은 가족은 캄캄한 세상으로 내동댕이쳐진 기분이었다. 아무리 둘러봐도 할아버지와 동생들뿐이었다. 며칠을 곰곰이 생각하다가 무엇이라도 해봐야겠다고 할아버지께 말씀을 드렸다. 하지만 할아버지의 마음은 달랐다. 단호하게 네 갈 길, 앞만 보고 달려야 된다고 말도 꺼내지 못하게 하셨다. 너는 칠남매의 맏이니 네가 잘 되어야 집안이 다시 일어설 수 있다는 말씀이었다. 그 말씀의 뜻을 모를 리 없지만 어린 동생들을 못 본 척 할 수는 없었다. 내가 나서야 했다. 학교는 고사하고 먹을 것조차 바닥을 드러내고 있으니 하루가 급했다.

학생복을 만들어 큰 도매상을 하는 넷째 외삼촌을 찾아갔다. 사정을 말씀드리고 무조건 제게 할 일을 찾아달라고 떼를 썼다. 다행히 외삼촌이 경영하는 도매상 이웃에 양장점 자리를 마련해주었고 그에 필요한 모든 것을 주선해 주셨다. 당장 일을 시작할 수 있도록 기술자까지 데리고 오셔서 그들에게 배워가며 기술도 익히고 상술도 배우라셨다. 꿈에도 생각지 못했던 일이 시작되었다. 우선 재단을 배우고 재봉틀도 손에 익히며 가족들 옷부터 만들어 보았다. 이웃들이 그 모습을 보며 우리 가게를 도우려 애를 썼다. 이웃에는 착한 사람들이 많았다. 본인과 가족이 입을 옷을 짓도록 일거리를 가져왔다. 잘 맞지 않으면 몇 번이고 고치면서 재단하는 것도 상술도 익힐 수 있었다.

그때 외삼촌이 돌봐주지 않았다면 우리 가족은 어떻게 되었을까. 생각만 해도 끔찍하다. 칠남매가 흩어지지 않고 한집에서 공부를 할 수 있도록 길을 인도하신분이 외삼촌이셨다. 그 고마움을 아는지 보살펴주는 이 없어도 공부를 더 열심히 하고 집안일도 돕는 동생들이었다. 학교가 파하면 언제나 내게 먼저 달려와 '언니' 하며 들어서는 동생들이 내게는 큰 힘이 되었다. 그런 내게 이웃사람들은 동생들 데리고 고생이 많다며 위로를 했다. 동생들이 있어 힘을 얻게 되고 늘 즐거움 속에 일을 했는데 사람들은 내 마음을 어찌 알 수 있었겠는가.

여섯 동생들이 가져오는 시험지나 성적표와 상장은 나를 더욱 신바람 나게 했다. 아버지 생각도 잊고 살았을 만큼 동생들은 양장점을 드나들며 웃음과 용기를 주었다. 한밤중 일을 끝내고 집으로 돌아가야 할 때도 할아버지와 동생들이 나를 데리러 왔다. 내 손을 잡아끌기도 뒤에서 밀어주기도 하면서 산비탈을 올랐다. 그럴 때는 언제나 노래를 불렀다. 그 노래는 집에 들어서 마당을 돌면서 강강술래로 이어졌고 그렇게 몇 바퀴를 돌다보면 하루의 피로도 말끔히 사라져버렸다.

일은 하고 있지만 10식구 먹고 살기 바쁘니 동생들이 필요한 것을 거의 해주지 못했다. 그런데도 동생들은 불평이 없었다. 어렵긴 했지만 철이 너무 빨리 든 동생들 때문에 늘 고마움 속에 산 시절이었다.

요즘 베란다의 화초들처럼 나를 즐겁게 살맛 나게 해주던 동생들도 한 사람 낙오 없이 학교를 잘 마치고 결혼해 그 누구 부럽지 않게 살고 있다. 칠남매 모두가 서울에 살면서 지금도 자주 만나 옛날이야기를 하다보면 오히려 그 시절이 그립다고들 한다.

우리 가족이 살게끔 도와주신 외삼촌을 영원히 잊지 못한다. 돈을 아껴야 살수 있다며 교복을 입은 동생들에게 새끼줄에 꿴 십구공탄을 한 개씩 들려 보내고 쌀을 사서 안기고, 반찬거리도 들려 보내는 매정한 언니였다. 그런 언니가 미웠겠지만 한 번도 불만이 없던 동생들이었다.

그 착한 동생들에게 칭찬 한 번 해주지 않았으니 지금 생각해도 마음이 짠해오지만 그 시절이 있어 미소를 머금는다. 베란다의 가족들 속에는 동생들도 함께 살고 있으니 어린 시절과 현재가 공존하는 것이다.

2015. 8.

5부

그 길에 서 있다

내가 학교에 다닐 때 할아버지는 비가 오는 날은 물론 겨울에도 언제나 개울을 건너 주막거리까지 나와 기다리셨다. 비가 오는 날은 지우산을 들고 나오셨고, 겨울에는 돌다리에 물이 튀어 올라 미끄러우니 손을 잡아 건네주려고 나와 계셨다. 늘 단장을 짚고 계셨으니 이 사진과 똑같은 모습이어서 꼭 살아계신 할아버지를 만난 듯 반가움의 눈물을 쏟는 것이다.

두 사람을 위한 공연

병원 복도에서다. 심전도실을 향해 부지런히 걷고 있는데 휠체어
가 내 앞을 가로막는다. 비켜서 걸으려니 다시 막아서는 휠체어, 그제야 막아선
이를 본다. 내 앞을 가로막은 이는 희아 엄마였다.

몇 년 전 2인용 병실에 같이 있던 당뇨환자다. 그는 또 입원을 하고 있다며 진
료가 끝나면 꼭 들러달라고 병실을 가르쳐 주다가 나를 따라온다. 연락처를 알
아두지 않아 후회했던 날을 생각하니 이대로는 안 되겠단다. 진료가 끝나면 꼭
찾아가겠다는 말을 몇 번이나 했는데도 내 말을 믿을 수 없나 보다. 그는 한 시
간이나 기다려 나를 자기 병실로 데리고 갔다.

그는 입원한 지 달포가 되었지만 아직도 치료를 더 해야 된다고 했다. 휠체어
에서 침대로 오르는데 쩔쩔매기에 보니 오른쪽 다리가 아주 없었다. 그예 이 지
경이 되었구나! 나는 울컥 목이 메어왔다. 힘을 다해 그를 거들어 올려주며 같
이 있었던 때를 떠올린다.

몇 년 전이다. 인공심장 박동기의 수명이 다되어 입원을 했다. 수술을 하고 나
니 이상하게도 혈압이 떨어지지 않는다며 간호사들이 신경을 곤두세우며 오갔
다. 사흘이 지난 뒤에야 중환자실에서 2인실로 옮겼다. 기계를 몇 개씩 연결한
채 입원실로 왔으니 꼼짝도 못하고 천장만 올려다보고 있었다.

맞은편 침대에서 노랫소리가 들렸다. 들릴 듯 말 듯 고운 소리는 무엇을 갈구

하는 듯 호소력 있는 노래였다. 아니 음악 감상실에 온 듯 착각이 들었다. 구노의 「아베 마리아」부터 「아베 마리아」 곡이란 곡은 다 찾아 불렀다. 내가 가장 부러워하는 성대를 지닌 여인과 병실을 함께 쓰게 되다니! 비록 병실이긴 하지만 감사했다.

그의 노래는 괴로움도 잊을 만큼 마음의 평온을 주었다. 빨리 그를 보고 싶었다. 하지만 커튼까지 내리고 꼼짝 않고 있으니 볼 수가 없다. 그는 내 맘을 알기라도 한 듯 낮이나 밤이나 노래를 불렀다. 가끔 동요나 가곡, 팝송도 부르니 그 멋진 모습을 상상하며 병원 생활이 더없이 행복했었다.

입원실에 온 지 3일이 되던 아침 내 몸에 연결했던 기기들을 모두 떼어갔다. 모처럼 자유를 얻었다는 기분에 복도로 나섰다. 처음은 어지러웠지만 금시 괜찮아져 부지런히 걸었다. 복도 끝에서 발을 되돌려 걷다보니 노랫소리가 또 들렸다. 바로 우리 병실을 지나고 있었다. 반가운 마음에 병실로 들어와 살그머니 커튼을 들추는 순간 눈이 마주쳤다. 민망해 얼른 놓으려는데 누구냐며 일어나 앉는 환자는 노랫소리만큼이나 정겨워 보이는 나보다 조금 젊은 여인이었다. 우리는 그날로 친구가 되었고 서로를 찾고 위로하는 사이가 되었다.

그는 오랜 당뇨병으로 한쪽 발목을 절단해야 될 만큼 심한 상태라고 했다. 하지만 그는 의사의 말을 듣지 않고 이대로 살다가 갈 것이라며 고집을 부렸다. 평생을 무대에서 노래를 부르고 가르치던 사람인데 무대에 설 수 없고, 가르칠 수도 없다면 차라리 죽는 것이 낫겠다고 울부짖었다.

결국 그는 그때 잘못 생각으로 두 번의 절단 수술을 거쳤다며 한숨지었다. 목발과 휠체어에 의지해 사는 삶. 그때와는 많이 달라 있었다. 발목이 아니라 대퇴부까지…. 눈물 없이는 그 불편한 모습을 바라볼 수조차 없었다.

그의 기막혔던 지난날의 이야기를 듣다 보니 어느새 어둑해졌다. 몰랐을 땐 몰라서 그랬지만 이대로 일어설 수는 없었다. 한 병실에 있을 때처럼 함께 밤을 보내기로 마음먹었다. 그가 하던 말이 생각나서다. 노래를 부를 땐 그 노래를 부르던 무대를 떠올리게 되고 또 환호하는 청중들을 생각하며 행복에 젖는다고 했다. 오늘 저녁만이라도 함께하며 그를 기쁘게 해주고 싶었다. 우선 맞은편 환자에게 양해를 얻었다.

　우리를 위해 노래를 불러달라고 정중히 부탁했다. 그리곤 환자 침대에 청중이 되어 나란히 앉았다. 그는 사양하지 않았다. 우리를 바라보며 자세를 고쳐 앉더니 공손히 인사를 한다. 꼭 무대에서처럼, 두 손을 모으고 많은 청중을 향해 부르듯 노래를 불렀다. 그의 진지함이 연주회에 온 듯 착각이 들었다. 반주도 없는, 단 두 사람을 위한 공연. 비록 환자복을 입고 있지만 그의 마음은 벌써 우아한 드레스를 입고 화려한 무대에서 청중을 향해 노래를 부르고 있으리라. 그의 모습이 더없이 행복해 보였다.

2012. 봄.

보호자

제 아빠를 앞세우고 병원으로 가는 딸을 배웅하면서 사위와 외손녀가 겹쳐진다. 어떻게 이럴 수가 있단 말인가. 하필이면 사위도 오늘 병원에 가는 날이라고 했다. 진즉 알았더라면 딸을 못 오게 했을 것이다. 사위가 지난해 대장에 생긴 용종을 떼어냈는데 한 번 생겼던 용종은 다시 생길 수 있어 검사일을 예약해 놓은 날이 오늘인 것이다. 시간까지 같아 고민을 하고 있는데 외손녀가 그 말을 듣고 제가 아빠를 따라가겠다고 했다는 것이다. 외손녀의 마음이 고맙고 대견했지만 겨우 대학 2학년생이다. 수업도 제쳐놓고 아빠의 보호자로 가겠다고 했다니 할머니로서 마음이 편치 않았다.

일주일 전 남편이 눈이 이상하다며 안과에 다녀왔다. 병명이 '황반변성'이라고 하며 다음엔 보호자를 꼭 데리고 오라고 했단다. 두 식구뿐이니 응당 내가 따라간다고 했다. 그때는 별말 없던 남편이 내가 못미더웠던지 어느새 딸에게 전화를 해버렸다. 그렇다고 딸의 사정도 묻지 않고 도움을 청했으니 아빠답지 않은 행동을 한 것이다. 으레 제 남편과 함께 가려고 했는데 친정아버지의 전화를 받았으니 그 마음이 오죽했겠는가.

집에서 기다리는 마음이 더 불안했다. 큰 병도 아닌데 공연히 딸에게 말한 남편이 원망스럽다. 오늘 사위 또한 병원에 간다는 말을 듣고도 생각 없는 사람처럼 딸을 앞세우고 나갔다. 그때라도 딸의 형편을 알았으니 사양해야 옳았다. 나는 응당 엄마와 같이 가겠으니 그냥 돌아가라고 할 줄 알았는데, 아니 꼭 돌려 보냈어야 했는데 도대체 아빠가 되어서 이럴 수가 있는 것인가?

여러 가지 검사를 했다며 3시간이 훨씬 지나서야 부녀가 돌아왔다. 나는 딸을 보는 즉시 손녀에게 전화를 해보라고 성화를 댔다. 전화하는 소리를 들으니 아직 사위는 시술실에서 나오지 않은 모양이다. 딸을 앉지도 못하게 서둘러 보냈다. 지금까지 시술실에 있다니 무슨 일이 있는 것 같아 마음이 더욱 불안해졌다.

딸이 도착했을 시간을 기다려 전화를 한다. 받지 않는다. 아무래도 무슨 일이 벌어진 거야, 혼자 생각하고 단정 지으니 더욱 초조해진다. 별일이 없어야 하는데. "우리 딸을 보살펴주세요." 나는 간절한 마음으로 두 손을 모은다. 10분이면 가는 거리다. 벌써 떠난 지 한 시간이 지났다. 나도 따라갔어야 했는데 멍청하니 집에 있었다. 정신을 가다듬고 우선 전화를 다시 해본다. 다행히 받는다. 용종이 또 생겨 그것을 떼어내느라 늦어졌다고 한다. 막 시술실에서 나왔으니 수속이 끝나는 대로 집으로 갈 것이라면서 마음 쓰지 말라는 대답이다.

오늘 진종일 도움도 되지 않는 걱정을 하느라 머리가 지끈거린다. 어쨌든 두 집 다 아무 일 없으니 그저 감사하다. 원망이 되던 남편을 바라본다. 소파에 앉아 태연하다. 나를 의식했는지 일주일 있다가 다시 가면 된다고 묻지도 않은 말을 해준다. 남편 역시 그만하다니 다행이지만 나이 들어가면서 사리 판단이 흐려지는 것 아닌가 걱정이 된다.

손녀가 보호자로 갈 만큼 우리는 나이가 들었다. 앞으로 이런 일이 없으란 법 있겠는가. 딸로서 아버지의 보호자가 되는 일이야 사양할 일은 아니다. 하지만 오늘 같은 일은 정말 난감한 일임에 틀림없다. 어미로서 마음이 오그라드는 시간이었다.

외손녀가 3살 때다. 박사 과정 마무리를 위해 제 어미가 미국에 한 달간 가 있었다. 사위가 손녀를 우리 집에 데려다 놓고 출근했다가 퇴근할 때 데려가기도 하고 사정이 여의치 않으면 재우기도 했었다. 우리 부부는 손녀를 즐겁게 해줄 양으로 어디든 데리고 나가 놀고 싶었다.

손녀는 절대 나가려하지 않았다. 달래서 다시 나가자고 하면 금방 울상이 되면서 주저앉아버리니 알 수 없는 일이었다. 너무 어려 말도 잘 못하고 표현이 부족하니 그 이유를 우리는 알아차리지 못했다. 후에 안 일이지만 아빠가 데려다준 곳을 떠나면 제 아빠가 저를 찾을 수 없다는 생각을 하고 있었던 것이다. 별안간 제 어미도 없어진 데다 아비까지 저를 떼어놓곤 하니 어린 마음에 얼마나 불안했을지 짐작이 된다.

외손녀는 어렸을 때부터 가위질을 잘했다. 색종이를 오려 장식품도 만들어 벽에 붙여놓고, 또 울면 지혜가 없어진다며 울음도 잘 참아 귀여움을 독차지하던 손녀다. 성품도 조용해 우리 집에 와도 있는 듯 없는 듯 티가 나지 않는 의젓한 아이였다. 오늘 제 아비의 보호자로 자청한 일 또한 얼마나 대견한 일인가. 어렸을 적처럼 외할머니의 마음속에 또 하나의 추억을 만들어 준 외손녀다.

2015. 4. 8.

그 이름 백합

꽃이 피었다. 그 앞으로 달려간다. 밤새 여러 송이가 한꺼번에 피어난 것이다. 꽃모양은 백합百合이지만 주황색, 노란색, 분홍색의 꽃이다. 이틀 뒤에는 하얀 꽃도 피었다. 흰 꽃을 보니 백합이다. 하지만 내가 기억하는 백합은 꽃술에 진한 꽃밥을 달지 않았었다. 하지만 오늘 핀 꽃 중심에는 연녹색 암술을 둘러싸고 수술 6개가 T자형의 진한 꽃밥을 달았다. 또 주홍 꽃잎에는 참나리처럼 점이 드문드문 박혔고, 꽃잎 가장자리가 하얀색인 꽃을 어찌 순결한 백합이라 부르겠는가.

그 예쁜 꽃이 화분 3개에서 여러 송이가 피어나니 오가는 사람마다 걸음을 멈추고 보고 또 보면서 한마디씩 한다. 백합이라는 이도, 나리라는 이도 있으니 확실한 꽃 이름이 알고 싶었다. 내가 아는 백합은 꽃말까지 '순결'이고 '순결한 흰 백합화'라는 노랫말까지 기억하기에 하얀색 말고는 다른 색깔의 백합을 생각할 수가 없다. 하지만 살펴볼수록 꽃잎까지 앞과 뒤에 3잎씩 나와 한 송이를 이룬 백합이다. 시대에 따라 백합도 다문화로 변하고 있는 것이 아닐까 엉뚱한 생각도 해 본다.

지난해 늦봄, 아파트 후문 벚나무 옆 둔덕에 화분 3개가 놓였다. 자배기처럼 생긴 큰 화분이었다. 얼마쯤 지나니 그 화분에서 싹이 올라오기 시작했다. 한 뼘쯤 올라올 때까지 살펴봤지만 백합인지 나리인지 알 수가 없었다. 꽃이 피면 알겠지 그때를 기다렸다. 하지만 커갈수록 올라오는 줄기가 영 시원찮았다. 영양분이 모자라는가 싶어 집에서 쓰는 깻묵을 가져다 세 화분 속에 묻어주면서도 주인에게 말을 들을까 조심스러웠다. 여름이 다 되도록 키만 클 뿐 끝내 꽃을 피우지 않고 시들해졌다.

올봄에는 그 화분에서 실한 꽃대가 여러 개 올라왔다. 얼른 퇴비를 가져다 넉넉히 주고 물도 주면서 주인을 만날 수 있었으면 바랐다. 지난해와는 달리 올라온 싹이 잘 자라주었다. 키가 60센티쯤 자라자 꽃봉오리가 잎겨드랑이에서 계단식으로 올라오기 시작했다. 꽃봉오리가 커갈수록 주황색을 띠는 것도 노란색을 띠는 것도 또 흰색인 것도 있다. 봉오리가 머금은 색이 점점 확실해져 가더니 드디어 색색의 꽃이 피어난 것이다.

들며날며 그 꽃 앞에서 시간을 많이 보냈다. 그러던 어느 날이었다. 여행 가방을 끌고 유난히 꽃을 반기며 다가온 중년 여인이 있었다. 그의 눈길이 세 화분을 부지런히 오가더니 세상에 이런 백합도 있느냐며 도리어 내게 물었다. 이름을 모르니 나 또한 엉거주춤 대답을 못하고 있을 때였다. 그는 혼잣말처럼 중얼거렸다. 틀림없이 백합이라고 해서 알뿌리를 사다가 심어놓고 갔는데 더 예쁘고 색다른 꽃이 피어났다고 신기해했다. 백합은 흰색만 있는 줄 알았는데…. 나와 똑같은 말을 하면서 고개를 갸웃거린다.

우선 화분 주인을 만났으니 반가웠다. 또 백합을 사다가 심었다는 주인의 말을 들었으니 오랜 궁금증이 풀린 셈이다. 그는 지난해에도 꽃이 피었느냐며 다시 물었다. 꽃이 끝내 피지 않더라고 대답하며 예쁜 꽃을 보게 해 줘 고맙다는 인사를 덧붙였다. 그는 지난해 외국 딸네 집에 해산바라지 갔다가 이제야 오는 길이라고 하면서 누군지 잘 가꾸어 주어 이렇게 실한 꽃을 보게 된 것 같다며 웃는다. 화분을 보살피지 못했으니 꽃이 이렇게 튼실하게 필 것이라고는 생각지 못했다며 기쁨을 감추지 못하는 주인이었다.

집에 들어오자 백합이란 단어를 찾아본다. 희다는 뜻의 흰 백_白자를 쓰는 줄 알았는데 일백 백_百자를 썼다. 더구나 식물도감에 적힌 전설을 읽으며 또 한 번 놀랐다. "예수님이 십자가의 고난을 당하기 전날 밤, 겟세마네 동산에 올랐을 때 모든 꽃들은 슬픔에 잠겨 고개를 숙이고 울고 있는데 백합만이 흰빛을 드러내며 웃고 있었다. 가장 우아하고 아름다운 자기만이 예수님을 위로할 수 있다는 자만심에서였다. 예수님은 빛이 밝게 비치는 곳으로 그를 데려가 다른 꽃들이 머리를 숙이고 있는 모습을 보여 주었다. 백합은 다른 꽃들의 겸손한 모습을 보고 너무 부끄러워 얼굴이 빨개졌다." 그때부터 붉은 나리꽃이 생겼다는 전설을 읽으며 백합이 흰색만이 아니란 답이 나왔다.

백합은 원래 한자말이고 순수한 우리말은 나리라고 한다. 그러나 주황색의 들꽃인 나리와 구분하기 위해 흰색을 백합이라 불렀다는 설명을 덧붙이고 있다. 금시 풀 수 있는 일백 백자를 쓰는 백합의 꽃 이름을 오래도 걸려 풀었다는 생각에 혼자 쓴웃음을 짓는다.

2012. 7.

모교를 둘러보며

초등학교 총동문회에 참석했다. 개회식이 끝나자 우리는 천막으로 안내되었다. 내빈석이라 표기되어있는 그곳에서는 젊은 후배들이 점심상을 차리고 있다. 수육을 가져오고 갖가지 떡도 큰 접시에 모둠으로 나왔다. 파전, 메밀전, 녹두전도 놓였다. 배추김치와 총각김치, 밑반찬이 고루 담겨 나왔다. 공기에 수북이 담겨 나온 쌀밥이 먹음직하다. 다음으로 큰 양푼에 김이 무럭무럭 나는 국을 가져와 한 그릇씩 떠준다. 역시 우리 고장의 별미인 올갱이(다슬기) 아욱국이다. 후배들이 차려주는 푸짐한 밥상 앞에서 모두들 입을 다물지 못한다.

부지깽이도 뛰어다닌다는 농촌의 가을, 일거리가 태산 같을 계절인데 언제 이 많은 음식을 준비했단 말인가. 대접을 받으려니 너무 염치가 없다. 하지만 워낙 새벽 서둘러 오느라 아침을 먹지 못하고 왔으니 며칠 굶고 온 사람처럼 먹는다. 아니 배가 고프기도 했지만 어릴 적 먹던 맛을 지닌 음식들이니 한없이 먹힌다. 아욱국을 두 그릇이나 비웠다.

우리가 졸업한 지 60년이 지났다. 그 시절엔 이 넓은 운동장에 아이들이 바글바글했다. 쉬는 시간이면 사방치기, 공기놀이, 줄넘기, 달리기를 하며 놀았다. 그때 우리에게 그늘을 드리워주던 나무들이 아름드리로 자라 여전히 그 자리를 지키고 있다. 집에서 모종을 가져와 심고 가꾸던 화단에도 색다른 종류의 꽃들과 우리들의 눈에 익은 꽃들이 가득 피어 학교를 환하게 한다.

소화를 시킬 겸 가장자리를 돌고 있으려니 운동장이 너무 말끔하다. 풀 한 포기 보이지 않는다. 내가 학교에 다니던 시절엔 웬 풀이 그리 많았던지. 일주일에 한 번, 아니 방학에도 틈틈이 나와 풀을 뽑아야 했다. 일렬로 뙤약볕에 앉아 풀을 뽑노라면 금세 얼굴은 땀으로 범벅이 되었고 등에도 줄줄 흘러내렸다.

풀을 뽑을 때 튀어 오른 흙이 어느 곳 할 것 없이 튀어 흙투성이가 되었다. 거기다 풀 뽑기가 싫증 난 사내아이들은 땅을 파서 우리를 향해 뿌리기 시작했다. 튀어 오른 흙에다 던진 흙이 범벅이 되었으니 우리들 몰골이 어떠했을지 지금 생각해도 웃음이 나온다. 그 얄밉던 사내아이들은 놀림감이던 우리가 왔는데도 나타나지를 않는다.

어느덧 우리가 배우던 건물 앞에 섰다. 말끔한 새 건물로 바뀌었다. 두근거리는 마음으로 복도에 올라선다. 벽에는 학생들 작품들이 정연하게 붙어있다. 거의 상을 타온 작품임을 한눈에 알 수 있게 장식을 해 놓았다. 다시 교실이 궁금해져 안을 들여다본다. 교실 가운데 책상 몇 개가 둥글게 놓여있는데 그 위에는 컴퓨터가 한 대씩 올라앉았다. 설명을 듣지 않아도 공부하는 모습이 상상된다. 한 학년에 5명 아니면 6명이라 들었다. 또 올해 졸업생이 6명이고 입학생이 5명이라고 개회식에서 들었다.

밖으로 다시 나왔다. 반대편 산 밑 가장자리의 2층 건물로 발을 옮긴다. 대강당, 체육관, 음악실이라 표기되어 있다. 호기심에 또 들어가 본다. 겨우 학생 총인원이 36명이라고 개회식 석상에서 들었는데 강당은 우리가 다닐 때의 총 학생 700명이 들어갔던 강당보다도 훨씬 넓다.

체육관 역시 탁구대, 농구대, 뜀틀이 적당한 곳에 배치되어 있고 줄넘기도 수십 개가 걸려 있다. 모두 함께 운동을 할 수 있게 잘 갖추어졌다. 음악실로 들어가 본다. 뒷벽에 붙은 사진 한 장이 눈에 들어온다. 소수초교 오케스트라단이라고 적혀있다. 옆에는 최우수상 상장을 사진틀에 넣어 걸어놓았다. 전교생이 각기 다른 악기로 경연대회에서 연주하는 모습을 찍은 사진이었다. 오케스트라! 말만 들어도 합주소리가 들려오는 듯 감동이 된다.

체육관 옆에도 강당 옆에도 샤워실과 화장실이 최신식으로 구비되어있다. 내가 배울 때는 도시의 학교가 부러웠다. 아니 서울 아이들이 하고 다니는 모습이 더 부러웠다. 예쁜 옷, 발에 꼭 맞는 운동화, 가방과 필통, 연필까지 우리는 구경도 못한 것들을 보면서 내 모습이 그들 앞에 서면 점점 초라하게 느껴졌다.

그런 시절이 있었던가 싶게 모교의 모습이 달라졌다. 앞앞이 컴퓨터 앞에 앉아있을 후배들의 모습을 상상하고 있다. 시골 아이들의 공부하는 모습이 도시의 아이들과 별반 다르지 않을 것 같다. 그 어디에 내어놓아도 손색이 없을 만큼, 아니 샘이 날 만큼 모든 것이 갖추어진 학교로 변해있다. 내게 초등학교에 다닐 아이가 있다면 내려와 살고 싶은 생각이 들 만큼 옛날과는 다른 모습의 학교로 성장해 있으니 내 모교가 자랑스럽다.

매년 10월 3일인 오늘이 소수초등학교를 거쳐 간 동문들의 체육대회가 있는 날이다. 서울에 사는 동문들도 대형차로 일찍 내려와 개회식에까지 참석하는 열의를 보였다. 해가 더할수록 경기도 다양해지고 상품도 푸짐해졌다. 내게는 모교를 두루 돌아보는 시간이 주어져 더욱 좋았다.

언제나 달려오고 싶었던 모교, 현대의 흐름에 발맞춰가는 모교에서 후배들이 차려주는 푸짐한 식사도 했다. 마음도 속도 든든히 채우고 해가 서산을 넘을 때에야 모교를 나선다. 다만 최신식 건물에 모든 것이 두루 갖추어진 학교인데 총학생이 36명이라는 사실이 안타까울 뿐이다.

2013. 10.

호리병 바가지

　　시골집에 막 내려왔다. 뒤란으로 돌아가니 죽은 지 오랜 대추나무 밑에 서너 발쯤 뻗어 나간 파란 줄기가 보였다. 봄이 되어 처음 온 시골집에 무엇이 저토록 실하게 자라고 있는지 궁금해 다가간다. 박 덩굴이었다. 어디서 날아온 씨가 봄이 되니 싹을 틔운 것이리라.

　어렸을 적 지붕 위까지 올라가 피어나던 새하얀 박꽃이 상상되었다. 초가집 지붕의 여름밤 진풍경은 박꽃이었다. 마당에 멍석을 깔아놓고 앉아 그 꽃을 올려다보며 삶은 감자도 먹고 노래도 부르면서 밤을 지새우던 소꿉친구들의 얼굴도 다가온다.

　그 박꽃을 다시 보게 되었다. 생각지도 못했던 선물이니 더 튼실하게 기르고 싶었다. 거름이 많이 필요한 식물임을 알기에 언저리를 깊이 파고 퇴비를 잔뜩 넣었다. 가뭄에도 견딜 수 있도록 흙을 수북이 덮고 뻗어 나간 줄기를 대추나무 위로 올라가도록 매어놓았다. 물도 흠뻑 주고 주변 풀도 말끔히 뽑아냈다.

　오랜만에 시골집에 다시 내려왔다. 그 덩굴이 궁금해 한걸음에 뒤란으로 돌아가다가 탄성을 지르고 말았다. 죽었던 대추나무가 살아난 듯 박 덩굴이 가지마다 기어올랐다. 보아 주는 이 없는 시골집 뒤란 구석진 곳, 대추나무 꺼먼 등걸에 새 생명을 불어넣어 줄기마다 초록 잎으로 뒤덮었다.

　해 질 무렵이었다. 시리도록 하얀 박꽃이 여기저기 피어나 뒤란을 밝히고 있다. 밤이 이슥하도록 보고 들어왔지만 그것으론 모자랐다. 이른 새벽부터 또 나와 올려다본다. 그 요염한 모습에 취해 목이 아픈 줄도 모르고 바라보고 있을 때였다. 인기척에 놀라 담 너머를 보니 삽을 둘러멘 윗마을 구 반장 아저씨가 꾸벅 인사를 한다.

"희한한 나무를 다 보았습니다. 대추나무가 대추꽃이 아닌 박꽃을 피웠습니다!" 봇물을 보러왔던 구 반장이 자기 할 일도 잊은 듯 올려다보며 하는 말이다. 시골에 평생을 살면서 처음 보는 진기한 풍경이라며 우리 동네 경사가 있을 것 같다며 너털웃음이다.

그 신기한 풍경은 여름이 지나 추석 무렵에도 이어졌다. 둥근 박을 그리며 시골집에 들어섰는데 둥근 모양의 박이 아니었다. 호리병박이었다. 어느새 호리병박이 큰 나무에 꽃보다도 더 시선을 끌며 매달려 있었다. 바라보는 것만으로도 가슴 벅찼다. 그 가녀렸던 줄기에서 이처럼 많은 박이 열릴 줄 짐작도 못했다.

다음 내려갔을 때는 잎과 줄기가 누렇게 변하고 있었다. 나무 꼭대기까지 올라가 매달린 호리병박의 멋진 모습이 장관이었다. 이대로 두고 볼 수만 있다면 두고두고 감상하고 싶은 걸작품을 만들어 놓은 것이다. 어느 예술가의 작품이 이보다 멋스럽겠는가. 하지만 소설도 지났으니 걷어 들이지 않을 수 없었다. 따려고 올려다보니 중간에 달린 것보다 나무 끝부분에 매달려 있는 것이 더 많았다. 긴 사다리를 걸쳐놓고 손이 닿는 곳부터 따 내렸다.

더 올라가 덜 익은 것으로 보이는 것을 몇 개 더 따 내렸다. 여물지 않은 것들은 껍질을 벗겨 속을 파내고 얇게 썰어 탕국을 끓이거나 말려 두고 싶어서였다. 그 말린 것은 맛있는 겨울 찬거리가 되기 때문이었다.

할아버지가 하던 모습이 생각나 박을 손톱으로 꼭꼭 눌러 손톱이 들어가지 않는 것을 따로 골라놓았다. 그것을 남편이 톱으로 흥부네처럼 켜기 시작했다.

호리병박은 허리가 잘록하게 들어가 있으니 초보자가 자르기는 쉽지 않은 작업이었다. 연필로 선을 그어놓고 켜기 시작했다. 서툰 솜씨로 박 여러 개를 자르고 나니 해가 저물었다.

박속을 숟가락으로 깨끗이 긁어냈다. 다음날 그것들을 큰 솥에 푹 삶아 겉껍질과 속을 빈틈없이 또 긁어냈다. 그렇게 힘들여 완성한 호리병박은 그늘에서 천천히 마르도록 마루 한쪽에 펼쳐놓았다. 호리병 바가지가 볼수록 대견했다. 한 번도 해본 적 없고 바가지 만드는 과정을 보았던 기억은 어렸을 적이 전부였다. 많은 세월이 흘렀건만 옆에서 지켜봤던 경험으로 호리병 바가지를 거뜬히 만들어 냈다. 그 순간순간 벅찼던 마음은 호리병 바가지를 볼 때마다 내 마음에 기쁨을 안겨주고 있다.

2011. 12.

저고리의 고름처럼

　　어렸을 때다. 자고 나면 먹을 것이 부엌에서 나를 반겼다. 하얀 두부가 자배기에 가득 담겼고, 도토리묵, 메밀묵 또한 그랬다. 구미가 당겨 얼른 떼어먹으면 엄마는 칼로 반듯하게 잘라주며 그렇게 맛있느냐고 웃으셨다. 그 먹을 것들은 자고 나면 있었으니 눈을 뜨기가 무섭게 부엌으로 내달았다.

　강정과 엿은 우리들이 가장 좋아하는 먹을거리였다. 고소하게 튀겨 만든 강정, 참깨와 콩을 볶아 버무려 만든 동글납작한 검붉은 엿, 그 엿은 함지에 볶은 콩가루를 뒤집어쓴 채였다. 엿을 한 개 집어 입에 넣으면 고소하고 달콤한 것이 살살 녹았다. 그 맛이 어린 우리들을 자꾸 부엌으로 불러들였다.

　열 살 되던 해다. 나를 살맛 나게 하던 먹을 것들이 엄마가 밤을 새워 만든다는 사실을 알게 되었다. 어느 날 밤 나를 흔들어 깨웠다. 엄마였다. 고모가 시집을 가고 나니 자루를 잡아 줄 사람이 없다며 잠에서 빨리 깨어나지 못하는 나를 안고 밖으로 나왔다. 정신이 번쩍 들도록 찬물로 얼굴을 씻겨준 엄마는 네가 맏딸이니 어쩔 수가 없구나 하셨다.

　베자루를 양손으로 넓게 벌려 잡아주어야 하는 작업이었다. 자루의 한쪽은 입에 물고 두 손으로 삼각형이 되도록 벌리는 모습을 보여주며 뜨거워도 꼭 잡고 있어야 한다며 여러 번 다짐받듯 말씀하셨다. 그리곤 큰 솥에서 김이 나는 것을 한 바가지씩 퍼서 자루 안으로 붓기 시작했다. 별안간 자루 안에서 뜨거운 김이 몰려나왔다. 얼굴이 화끈거리고 숨이 막힐 것 같아 물고 있던 자루를 막 놓쳐버릴 것 같은 순간이었다.

"역시 맏딸 노릇을 야무지게 잘하는구나. 네 고모도 힘들어하던 일인데." 그 말을 듣는 순간 정신이 번쩍 들었다. 엄마를 실망시키고 싶지 않았다. 이를 악물고 버텼다. 엄마는 자루에 그득하도록 모두 퍼 담고는 주둥이를 꽁꽁 동여매면서 오늘은 다 되었으니 들어가서 자라며 등을 토닥여주셨다.

하지만 잠도 달아나버렸고 무엇을 하는지 궁금해 그 옆에서 지켜보기로 마음먹었다. 두부를 만든다고 했다. 엄마는 자루에 담은 그 뜨거운 것을 수없이 뒤척이며 큰 주걱으로 이곳저곳을 꾹꾹 눌렀다. 언제 끝날까 싶게 계속되던 손놀림을 멈추고 자루에 남은 것을 다른 그릇에 옮겨 놓고 다시 두 손으로 또 한참을 쥐어짰다. 그제야 홀쭉해진 자루를 옮겨놓으며 이 비지는 새끼를 낳은 어미 소에게 줄 것이라 했다.

이 모든 음식들이 하룻밤으론 어림없는 일이었다. 흰 콩을 깨끗이 씻어 밤새 담가놨다가 일어 맷돌에 가는 일도 10식구의 세끼 밥을 해 먹이면서 하는 일이니 온종일 걸렸다. 그것을 불을 때면서 눋지 않게 계속 저어 끓여야 하고 이렇게 오랜 시간 주물러 두유를 빼내야 한다. 다시 불을 때다가 끓기 직전 간수를 넣어 엉겨 붙게 하는 시간도 필요하니 밤을 새우지 않고는 할 수 없는 음식이었다. 엄마는 할머니가 계시지 않으니 어린 너까지 힘들게 해야겠다며 애처롭게 바라보셨다.

콩물을 다시 솥에 퍼 넣었다. 엄마는 불을 한 아궁이 지펴놓고 연신 긴 나무 주걱으로 콩물을 젓다가 또 꾸부려 불을 밀어 넣기를 반복하니 시간이 또 지나갔다. 뜨거워진 두유에 엄마 말대로 간수를 넣어 살살 저으니 신기하게도 콩물이 멍울멍울 엉기기 시작했다. 차츰 더 엉기는 모습이 뭉게구름이 몰려다니는

178

듯 보여 잽싸게 부뚜막에 올라앉아 구경을 했다. 두부가 되어가는 과정이 신비스러웠다.

엄마는 여전히 바빴다. 네모진 그릇에 큰 베보자기를 깔고 솥엣것을 또 바가지로 퍼부었다. 다 퍼서 넣은 다음 보자기를 마무리하고 넓적한 판때기로 눌러놓았다. 오늘은 우리 딸이 도와준 덕에 두부가 더 맛있겠다며 허리를 펴던 엄마의 발개진 얼굴이 어제인 듯 다가온다.

부엌을 나오니 벌써 날은 훤히 밝았다. 엄마는 그렇게 힘들게 밤을 새우며 우리들 먹을거리를 만드는데 식구들은 잠만 쿨쿨 자며 아무것도 몰랐다. 그날 밤 이후로 나는 조금씩 철들어갔다. 우리 집에서 엄마를 도와드릴 사람은 맏딸인 나밖에 없다는 생각도 하게 되었다. 다음날부터는 숙제도 쉬는 시간에 학교에서 다 해놓고 끝나기가 무섭게 집으로 뛰었다.

우선 음식을 할 때 아궁이에 불 때는 일부터 거들었다. 늘 엄마가 계시는 곳이 부엌이니 눈치껏 드나들며 일거리를 찾았다. 노래를 들으면 힘이 솟는다는 말을 생각하며 불을 땔 때는 동생들도 불러 노래를 함께했다. 부지깽이로 부뚜막을 두드리며 장단을 맞추는 것도 잊지 않았다. 엄마는 여전히 일을 하면서 노래를 따라 하셨다. 그런 모습이 좋아 엄마의 표정을 곁눈질하며 더 신나게 노래를 불렀다.

엄마를 도우면서 즐거웠던 시절이 언제였던가. 잠자는 모습을 별로 못 보았을 만큼 가족을 위해 일만 하다가 우리 곁을 떠나신 지 오래되었다. 하지만 어머니가 밤을 새우며 손수 만들던 먹을 것들은 지금도 반찬을 파는 곳이면 그때 그 모습으로 놓여있다. 좁은 부엌이 아닌 넓은 세상으로 나와서…. 그 모습들은 엄마를 더 보고 싶고 그립게 한다. 부지깽이 장단을 맞추던 내 어린 시절 역시 엄마 저고리의 고름처럼 따라다닌다.

2014. 9.

기분 좋게 할 말

　　현관을 들어서는 남편의 표정이 밝다. 오전에 집을 나설 때만 해도 날을 잘못 잡았다고 맞갖잖게 나갔었다. 하필이면 크리스마스 날이니 미안한 마음에 더 그랬을지 모른다. 오늘 남편 동창 송년 모임이 있었다. 나이가 많으니 우리 집처럼 둘만 사는 집이 대부분일 것이다. 크리스천이 아니라고 해도 특별한 날이 아닌가. 그이가 나갈 때 나 또한 서운했었다. 하지만 허리가 아파 한 달이나 입원을 했던 남편이다. 아직도 통원 치료를 하고 있는 그이라는 생각에 혼자서 나갈 수 있다는 것만 다행이라 여기며 즐거운 마음으로 배웅을 했다.

　　늦어지려니 생각되어 식사 준비도 하지 않았는데 저녁 먹을 시간에 귀가를 했다. 모두들 특별한 날 혼자 나선 것이 미안하다 생각되어 일찍 헤어졌을지 모르나 아무려면 어떤가. 불빛 아래서 표정을 다시 살펴보니 불그레한 얼굴에 웃음기가 가시지 않는다. 그이의 웃는 모습에 덩달아 기분이 좋아진다.

　　남편은 소파로 가지 않고 손에 들려 있는 비닐봉지들을 흔들어 보이며 저녁 준비를 해 왔다고 주방으로 직행한다. 따라 들어가려니 하던 일이나 계속하라고 손사래다. 하기야 라면은 자신이 더 잘 끓인다며 스스로 해결하는 사람이 아니던가. 김치나 썰어놓으려고 칼도마 옆으로 가니 비닐봉지에서 치킨 냄새도 솔솔 풍긴다.

　　라면과 치킨을 가져다 식탁에 놓고 그이와 마주 앉았다. 무슨 일이 있었는데 그토록 기분이 좋은지 물어보고 싶었는데 그이가 먼저 말문을 연다. 아무도 병원에 있다 나온 사람임을 눈치채지 못하더라고 했다. 다행이라 여기며 한 친구 옆으로 가서 앉아 있는데 자기에게 시선이 집중되더니 유난히 젊어 보인다고 이구동성으로 말했단다. 그런 말을 듣고 나니 움츠러들던 마음이 싹 가시더라고 하며 사람의 마음이란 참 요사스럽다며 웃는다.

그 한마디가 저토록 우울하던 남편의 마음을 바꿔놓았단 말인가! 남편은 오늘 모임에 나갈까 말까 망설였다. 한 달이나 병원에 있다 나온 탓인지 모임에 나가고 싶지 않은 모양이었다. 하지만 시간이 되니 잠깐만이라도 친구들을 만나고 와야 마음이 편하겠다며 나갔었다. 그러던 그가 젊다는 그 한마디가 약이 되었나 보다. 아직도 병원을 격일로 오가야 한다는 생각조차 잊은 듯 그저 기분이 좋아보였다.

생전 밖의 일을 이야기하는 사람이 아니었는데 오늘은 있었던 이야기를 계속하며 무엇이 그리 즐거운지 만면에 웃음이다. 병원에서 우울했던 마음을 모두 쏟아내고 왔는가 보다. 말도 많아지고 생기가 도는 듯 표정 또한 밝아졌다.

요즘 새벽 운동을 하면서 나 또한 기분이 좋을 때가 있다. 새로 만나게 된 여인 때문이다. 운동장을 돌면서 내가 그를 앞지를 때마다 젊어서 걸음걸이가 빠르니 부럽다며 자기 나이가 많다는 말을 은근히 비춘다. 늙으니 힘이 없어져 허리가 구부러진다고 푸념이듯 털어놓기도 했다. 걷는 운동이 끝나고 체조를 할 때도 내 뒤로 와서 따라 하며 이 나이가 되니 젊음이 제일 부럽다고 또 수다를 떨고 있으니 그의 나이가 궁금했다.

오늘이 6·25 전쟁이 났던 날이니 고생스럽게 피난 갔던 이야기를 또 한다. 그는 피난을 어머니 등에 업혀 부산까지 갔다고 했다. 그곳에서 초등학교를 졸업하고 서울에 올라왔는데 아직까지 부산엘 갈 기회가 없어 늘 가보고 싶은 마

181

음이라고 했다. 그 이야기를 들으며 나보다 나이가 한참 아래인 것을 알 수 있었다.

하지만 속으로만 새기고 아무 말도 하지 않았다. 나이가 많아서 자신의 걸음걸이가 온전치 못하다고 여기며 사는 편이 더 마음 편한 일이기 때문이다. 남편의 오늘 기분을 보더라도 내 판단이 옳았다 여겨진다. 그 여인 말을 들은 후 내 걸음걸이에 신경이 쓰이긴 하지만 똑바로 걷는다는 그 한마디가 결코 기분 나쁜 말은 아니다.

오늘 남편 동창들이 젊어졌다는 말을 해주어 그이의 지병이 다 나은 것처럼 보인다. 병의 근원은 마음에 있다 하지 않던가. 동창들의 한마디 말이 좋은 명약이 되었다는 생각이다. 또 웃음 치료가 으뜸이라 했으니 오늘처럼 즐거운 마음이 계속된다면 머지않아 남편의 지병은 거뜬히 고쳐질 것이라 믿어진다. 오늘부터는 남편의 약을 챙기기보다는 기분이 좋아질 말을 찾아내야겠다는 생각을 하며 혼자 웃는다.

2013. 12.

사진 속 할아버지

할아버지! 순간 눈물이 쏟아져 내린다. 단장을 짚고 서 계신 우리 할아버지, 금세 달려와 내 손을 잡아주실 것만 같다.

쑥버무리를 해놨으니 오라고 해서 당고모 댁에 들렀다. 고모가 상을 차리는 동안 방안을 둘러보다가 책꽂이에서 큰 사진첩을 발견한다. 꺼내 한 장 한 장 넘긴다. 당고모의 결혼 사진이 펼쳐지고, 가족 사진 몇 장을 더 넘기니 우리 할아버지가 계셨다. 사진첩만큼 큰 사진이었다. 꿈에라도 보고 싶던 할아버지! 늘 개울 건너까지 나오셔서 나를 기다리고 있던 우리 할아버지가 단장을 짚고 옛날 그 모습으로 서 계셨다. 나는 눈물을 닦아내고 또 닦아내며 어렸을 적처럼 얼굴을 만져보고 수염도 쓰다듬는다.

역시 할아버지의 손녀구나! 등 뒤에서 당고모의 혀를 차는 인정 어린 소리는 내 마음을 더 서럽게 한다. 드디어 삼키던 울음이 터져버리고 만다.

"돌아가신 지 벌써 언제인데 아직도 그렇게 서럽단 말이냐."

"……."

"그래! 할아버지의 사랑이 특별했으니까." 이럴 때는 실컷 울어야 속이 후련해진다며 내 등을 쓸어주는 당고모의 손길이 꼭 할아버지를 닮았다. 그 사진이 너희 집에는 없을 것이라고 하며, 내 선을 보던 날, 서울서 중매인이 신랑감을 데리고 와서 찍은 사진이라고 했다.

선을 보던 날, 할아버지를 오시라고 했더니 의관을 다 갖추고 오셔 신랑감을 보셨다. 그때 할아버지의 모습이 좋아보였던지 중매인은 꼭 사진기에 담고 싶다고 했다. 찍지 않겠다는 할아버지를 한참이나 졸라서 어쩔 수 없이 포즈를 취하셨다. 그 결혼이 성사되어 서울에 신혼살림을 차리고 있을 때 그 중매인이 사진을 확대해서 결혼 선물이라며 가져왔다. 달랑 한 장이었으니 너의 집에 가져갈 수는 없었지만 어찌나 선명하게 잘 나왔던지 당고모도 처음에 큰아버지가 신혼집에 찾아오신 듯 착각이 들더라고 했다.

내가 학교에 다닐 때 할아버지는 비가 오는 날은 물론 겨울에도 언제나 개울을 건너 주막거리까지 나와 기다리셨다. 비가 오는 날은 지우산을 들고 나오셨고, 겨울에는 돌다리에 물이 튀어 올라 미끄러우니 손을 잡아 건네주려고 나와 계셨다. 늘 단장을 짚고 계셨으니 이 사진과 똑같은 모습이어서 꼭 살아계신 할아버지를 만난 듯 반가움의 눈물을 쏟는 것이다.

할아버지는 동네 아이들에게도 사랑이 남다르셨다. 지금 생각하니 시대를 많이 앞서가신 분이기도 했다. 그때는 아이들이 가지고 놀 장난감이 없었으니 늘 소의 등을 쓸어 그 털을 모아 공을 만들어 주셨다. 하지만 놀다가 보면 어느새 찌그러져버리니 할아버지는 종이를 불려 동그랗게 주물러 또 다른 공을 만들기 시작했다. 종이로 만든 공은 밤톨만 하게 시작해 화롯불에 말려가며 자꾸 불린 종이를 덧씌워 할아버지 손아귀에 맞춰보며 만들었다. 그리곤 겉에다 무엇을 여러 번 발랐다. 그렇게 만들어진 공은 물에도 젖지 않았다. 그 공으로 마당에서 놀이하는 법을 가르쳐주셨다.

마당 끝에다 공이 들어갈 구멍을 만들었다. 반대편 마당 끝에서 자치기하던 막대기로 그 공을 쳐서 구멍에 넣는 놀이였다. 자치기와 닭싸움밖에 모르던 아이들이 신바람이 났다. 요즘 골프하는 모습을 보면 할아버지가 가르쳐 준 놀이와 흡사하다는 생각을 한다.

아이들이 그 놀이를 좋아하니까 할아버지는 마당을 더 평평하게 만들었다. 또 마을 아이들 모두가 즐길 수 있도록 구멍과 공을 더 만들며 심판까지 맡아 승부를 가려 주기도 했다. 그뿐일까. 화롯불에 묻어 구워진 밤이나 고구마를 상으로 주며 같이 놀아주던 할아버지였다.

하지만 지금은 살아가는 모습이 많이 바뀌었다. 손자 손녀와 같이 살 형편도 아니고 아이들은 학교를 마치면 학원도 몇 군데씩 다녀야 하고 가지고 놀 장난감도 넘쳐난다. 아쉬울 것이라곤 없는 아이들에게 우리가 다가갈 틈이 주어지지 않는다.

할아버지 사진을 보고 또 보며 내가 할아버지를 생각했던 그 시절과 현실이 비교가 된다. 지금은 우리 집 손자 손녀들이 하고자 하는 것을 할 수 있는 세상에서 살고 있으니 할아버지 할머니가 놀아주지 않는다고 서운해할 일은 아마도 없지 않을까 한다.

2014. 11.

제주도 아닌데요

막내 아들네가 제주도로 여행을 떠난 날이다. 잘 도착했는지 궁금해 며느리에게 전화를 한다. 손녀가 받는다.

"엄마는?"

"샤워해요."

"하연인 좋겠네. 제주도에도 가보고."

"제주도 아닌데요."

"그럼 어디야?"

"호텔인데요, 할머니."

손녀와 말을 주고받다가 웃음이 나와 수화기를 놓고 만다.

비행기에서 내리며 '아름다운 제주'라는 플래카드를 보았으련만 아직 글을 모르니 무심히 지나쳤을 손녀다. 제주도 여행을 한다고 하니 제주도가 별다른 곳, 특별나게 생긴 곳으로 나름의 상상을 했을지 모른다. 상상한 곳이 나타나지 않으니 아직도 제주도에 도착하지 않았다고 생각한 손녀다.

아무리 영리해도 5살이다. 아들 내외도 비행기에서 내릴 때 제주도에 왔다고 말해 줄 생각조차 못했으리라. 그렇게 이해를 하면서도 옛날 내 실수와 비교가 되어 웃음부터 나온다. 아니 아들 내외도 나와 같은 실수를 했다는 생각을 하며 나는 왜 즐거운 마음이 되는지 모를 일이다.

큰아들이 초등학교에 다닐 때다. 피아노 경연대회에서 뜻밖에 최우수상을 탔다. 그 시상식이 있던 날이었다. 시상식장에 다녀온 녀석이 시무룩해 들어오더니 그만 내 품에 안겨 울음을 터뜨렸다. 그렇잖아도 처음으로 피아노 콩쿨대회에서 어린 것이 인정을 받아 최우수상을 타는 날이었는데 따라가지 못했다.

그날따라 결혼식이 많아 드레스를 챙기기도 바빠 참석치 못하고 피아노 선생에게 부탁을 하고 돌아섰다. 그러긴 했지만 종일 일이 손에 잡힐 리 있었겠는가. 그런 내게 상장을 들고 돌아온 아이가 상장은 소파에 던져버리고 내 가슴에 머리를 묻고 울어버리니 나는 어쩔 줄 모른다. 미안한 마음에 등을 쓰다듬으며 울음 그치기를 기다리고 있을 뿐 아무 말도 나오지 않았다.

한참을 울던 녀석은 눈물로 얼룩진 얼굴을 들어 나를 쳐다보더니 엄마가 없으니까 상을 주지 않았다며 더 섧게 우는 것이 아닌가. 들어서면서 상장과 상패를 집어 던지듯 하고는 상을 주지 않았다니 도대체 무슨 말을 하고 있는지 알아차릴 수가 없었다. 던져진 물건을 찾아 다시 살펴본다. 틀림없는 상장과 상패였다. 상장과 상패를 네가 들고 와서 저기 던져놓았잖아? 무슨 상을 또 줘? 나는 녀석의 앞에 상장을 펴 보이며 말했다.

"상이 저거잖아." 녀석은 부엌으로 나가더니 걸려있는 밥상을 가리켰다. '상'을 준다니까 밥을 차려먹는 밥상을 생각했던 모양이었다. 밥상을 생각하고 갔었는데 밥상이 아닌 종이쪽지와 쇳덩어리를 주니 엄마가 없어 주지 않은 것으로 생각되어 나를 보자 설움이 복받쳤던 것이다. 설명해줘야 했었다. 그저 다 알고 있으려니 했다.

상이 무엇이며 어떻게 생긴 것인지, 왜 주는지 가르쳐줄 마음조차 없었다. 초등학교 3학년인 녀석이 피아노 경연을 위해 손가락이 부르트도록 맹연습을 하고 처음으로 참가해 최고의 상을 탄 날이었다. 그 기쁜 날을 엄마가 함께하지 못해 어린 마음에 상처를 입게 했다. 그때의 일은 지금까지도 가장 마음 아리고 미안했던 기억으로 잊혀지지 않는다.

하연이 말을 들어 보니 아들 내외도 나와 똑같은 실수를 하지 않았나 생각된다. 아이를 잘 기르고 싶다며 직장도 포기한 며느리다. 제 생각한 대로 아들, 딸 낳아 정성으로 잘 키우고 있다. 또 매사에 빈틈없어 나는 미처 몰라 해주지 못했던 작은 부분까지 신경 쓰는 며느리를 보며 반성할 때도 있었고 지금 젊은이들에게 배울 점도 많음을 알았다. 그렇게 틀림없는 며느리도 오늘은 실수를 했다. 아니 아동심리를 연구하는 심리학자도 이 같은 실수는 하며 살지 않을까?

내가 자식을 키울 때나 지금이나 아이들은 아이들이다. 많은 것을 알고 있다고 해도 그 알고 있는 범위를 어찌 가늠하겠는가. 아이들 생각이란 엉뚱한데서 어른들을 당황케 하는 것 같다. 자식을 기르는 일이 가장 어렵고 힘들다는 말이 왜 나왔는지 새삼 곱씹게 된다. 아이를 기르며 며느리와 내가 비슷한 실수를 했다고 생각하니 웃음이 절로 나온다. 그때나 지금이나 아이는 아이인 것을….

2012. 3.

야금야금 넓혀가는 재미

버릇처럼 아파트 뒷길 둔덕에 서 있는 나무를 내려다본다. 지난해 시골집을 팔고 나니 그 힘들어 지겹던 마음은 간데없고 허전함이 밀려든다. 날마다 베란다에서 무성하게 자란 나무들을 내려다보며 마음을 달랜다. 길게 나 있는 아파트 뒤안길은 한적한 시골길 못지않다. 아파트를 지은 지 25년이 지나는 동안 무성하게 자란 나무가 터널을 이뤄 멋진 숲길을 만들어 놓았다. 내려다볼 때마다 아파트 단지답지 않게 지나다니는 이가 별로 없는 아주 조용한 뒤안길이다.

시간이 날 때마다 베란다로 나가 마음을 달래다 보니 어느새 안정을 찾는다. 먼 시골을 열심히 오가며 그곳, 그 길에서 만나는 산천만 최상의 경관이라 생각하며 살아왔다. 내가 살고 있는 주변은 둘러볼 생각조차 않았다. 잠시 틈이 생겨도 내려가 숲길을 거닐 수 있고, 가깝게 응봉산에 오를 수도 있는데 그런 것 생각할 겨를도 없이 시골로만 내달았다.

풀을 뽑지 않아도, 길을 쓸지 않아도 언제나 깨끗하게 정리된 호젓한 길, 가끔 아파트 뒷길을 이용했었지만 무심히 오갔으니 경관이 절실하게 다가올 리 없었다. 아파트 뒤안길에도 사계절이 있음을 모르고 멀리 다니며 호들갑을 떨었다. 시골에만 낭만이 넘쳐흐르고 도시는 복잡하고 삭막하다는 잘못된 선입견이 나를 피곤하게 했다.

시골 생활은 생각보다도 힘이 들었다. 제대로 가꾸지도 못하고 살면서도 몸은 한없이 고달팠다. 그 오랜 세월 서툰 솜씨로 손바닥만 한 텃밭 가꾸느라 허리 병까지 얻었다. 일이라야 텃밭이 고작이고 또 붙박이로 살지도 않았건만 해야 할 일은 끝이 없었다.

시골집을 처음 장만했을 땐 세상을 다 얻은 듯 기뻤었다. 노후는 흙을 벗고 자연과 더불어 살아야 한다는 절실한 생각이었다. 시골 생활을 꿈꾸며 서울 집은 잠시 머무는 곳이라 여겼다. 시간만 있으면 달려가 새집 지을 꿈에 부풀었다. 낡은 집은 헐어버리고 아담한 작은 집에다 유실수 몇 그루 심어 놓은 정원에서 손자 손녀들과 뒹굴며 즐기는 노후를 꿈꿨다.

그 낭만적인 꿈은 몇 해 가지 않아 산산이 부서져갔다. 시골의 현실은 생각과는 너무 달랐다. 그 집에 들어서면 앞뒤 마당의 풀 뽑는 일만도 버거웠다. 내 생활을 즐길 시간은커녕 허리 펼 틈도 없었다. 집 안팎 어디를 봐도 풀만 올라와 우리 부부를 힘들게 했다. 뽑고 돌아서면 또 뽑아야 할 잡초뿐이니 그 잡초가 괴물보다도 무서웠다. 그 오랜 시간 줄기차게 풀 뽑는 일에만 열정을 쏟았는데도 여전히 약 올리듯 풀은 우쭐대며 올라왔다. 아니 풀뿌리는 점점 깊이 들어가 박히고 하루가 다르게 자손을 퍼뜨려 나를 질리게 했다.

풀, 풀. 또 풀과 씨름을 하며 풀만 뽑다가 가는 것이 시골 생활의 전부였다. 가슴이 탁 트이는 뒷동산 정상을 올라보기는커녕 시골길을 걸어볼 틈도 없는 시골 생활, 삶의 의미를 시골에서 찾으려 했다니 얼마나 어리석은 생각이었던가. 잡초는 처음부터 나를 비웃고 있었으리라. 몽땅 내려가 살지도 않았건만 풀에 질려 제풀에 지친 내 꼴이 정말 한심했다. 하지만 그 옹골진 경험이 지금 도시 생활의 고마움을 더 진하게 느끼게 된 것이리라.

베란다에 서서 주변을 둘러보는 즐거움, 우선 마음의 여유가 있어 좋고 힘에

부칠 일 또한 없으니 더욱 좋다. 중랑천 물이 반짝이며 흐르고, 전동차 철길이 오늘따라 정겹게 다가온다. 철새가 날아올라 잦은 날갯짓을 하며 내 앞을 스쳐 지나고, 파란 잔디 깔린 초등학교 운동장에서 떠들며 뛰어노는 꿈나무들을 바라보노라면 아름답던 어린 시절로 나를 데려다 놓기도 한다.

그뿐인가. 중랑천 건너의 서울숲이 다가오고, 강남의 치솟은 빌딩 숲도 불쑥 솟아 있는 산들과 비교가 된다. 멋지게 서 있는 코엑스며 예술의전당까지 볼 수 있는 우리 집이다. 더구나 멀리 부옇게 둘러선 산들의 등성이를 한발 한발 내디디면서 야금야금 시야를 넓혀가는 재미, 하루를 즐겁게 사는 묘미다. 우리 집 베란다에 서서 멀리 가까이 아름다운 풍경을 마음의 눈으로 바라보며 떠나는 여행이 어느덧 나의 최고의 여행이 되었다.

2012. 11.

뱀은 뱀이다

　　어린 시절 벼 타작을 하는 날은 이른 새벽부터 부엌이 분주했다. 엄마가 큰 가마솥에 된장을 풀고 있으면 나는 아궁이에 불을 때야 했다. 전날 앞 개울에서 잡아다 놓은 새뱅이(새우)와 올갱이(다슬기)도 가져다 놓는다. 국솥에 된장물이 펄펄 끓고 있을 때 장독대에 두었던 광주리의 아욱을 가져다 넣고 준비한 것들도 모두 쏟아붓는다. 다시 한참을 더 끓여 일꾼들이 도착하는 즉시 먹을 수 있도록 모든 준비를 끝낸다.

　　사랑채 마루에 상을 차려 놓고 나면 일할 일꾼들이 하나둘 모여든다. 새벽인데도 밥과 국을 몇 그릇씩 먹고야 식사는 끝난다. 일꾼들이 탈곡기 앞으로 가면서 한마디씩 하는 말이 아욱국이 생전 처음 먹어보는 맛이었단다.

　　시골은 타작을 하는 날이면 잔칫집처럼 사람이 모여들어 시끌벅적했다. 지나는 사람마다 불러들여 식사 대접을 했으니 큰 가마솥에다 밥을 짓고 국을 끓여야만 했다. 그런데 그날은 먹는 이마다 이상하게도 아욱국 맛이 썩 좋다는 말이었다. 병환으로 누워계신 시아버님께 드리고 싶다며 얻어가는 이가 있는가 하면 아이들도 데려와 먹이면서 모두들 국 맛을 칭찬했다.

　　다음날이다. 엄마가 아침 일찍 밭에 나가면서 내게 설거지를 부탁하셨다. 또 전날 먹다 남은 국을 퍼 놓고 가마솥을 말끔히 씻어놓고 물을 가득 부어놓으라며 서둘러 나가셨다. 설거지를 다 해놓고 냄비에 국을 푸려고 하니 솥뚜껑이 너무 무거워 열 수가 없었다. 부뚜막으로 올라가 솥뚜껑을 힘껏 밀어제치고 국을 퍼 담으려고 들여다보는 순간이었다.

솥 바닥에 앙상한 뼈가 둥글둥글 말려진 채 하얗게 드러나 있었다. 몸이 오그라지는 듯 무서웠다. 들고 있던 냄비도 내동댕이치고 있는 힘을 다해 소리를 지르며 뛰어나갔다. 할아버지가 놀라 달려오셨다. 나는 말도 나오지 않아 손으로 부엌 쪽만 가리켰다. 한참을 들여다보시던 할아버지는 저토록 큰 뱀이 아욱국을 맛나게 한 진범이었구나, 라며 부엌이 떠나갈 듯 웃으셨다.

타작을 하는 날은 새벽밥을 지어야 하니 전날 준비할 것이 많았다. 냇가에서 씻어야 될 만큼 분량이 많은 아욱부터 다듬어 씻어 큰 광주리에 수북이 담았다. 그것을 뒷마당 산 밑 장독 항아리 위에 올려놓았던 것이다. 일꾼들이 식사를 해야 벼 타작이 시작될 터이니 캄캄한 새벽에는 할 수 없는 것들을 미리 해놓은 것이었다.

큰 뱀이 좋은 잠자리라 생각하고 아욱 광주리 속으로 들어가 잠을 자고 있었다는 할아버지 말씀이었다. 엄마는 그 광주리를 들고 와 끓고 있는 가마솥에 쏟아부었으니 꼼짝없이 뱀은 자기 몸을 희생하게 되었던 것이다. 그 덕에 우리 엄마의 된장 담는 솜씨가 특별하다는 소문이 나돌았고 그 뱀 한 마리의 희생은 아욱국 맛을 별미로 만들었던 것이다.

뱀은 꿈틀거리며 기어 다니니 징그러운 데다 혀를 날름거리니 보기만 해도 소름 끼치며 섬뜩하다. 길을 가다가 아주 작은 뱀을 보고도 놀라 소리를 지르며 도망치게 되는 것이 뱀이다. 하지만 그 징그러운 몸에서 그토록 좋은 맛이 우러난다는 사실을 어찌 알았겠는가.

그 시절이었다. 일본에 살고 계시던 외삼촌도 그곳에서도 못 고치는 폐결핵을 한국에 와서 고치셨다. 목숨이 다할 날만 기다리고 있을 때 뱀탕을 6개월만

먹으면 거뜬히 낫는다고 말하는 이가 있어 무작정 시골에 계시는 누님댁으로 왔다는 외삼촌이었다.

오죽했으면 그 말을 믿고 이 먼 데까지 왔겠느냐며 엄마는 눈물을 흘리며 있는 정성을 다했다. 할아버지는 동네를 돌며 뱀을 잡아오면 돈을 준다는 선전을 하셨으니 아이들은 뱀을 잡기에 열을 올렸다. 그 덕에 외삼촌은 날마다 보신할 수 있었고 반년이 지난 뒤 거짓말처럼 건강해져 집으로 가실 수 있었다.

그 후 외삼촌처럼 뱀탕으로 폐결핵을 고쳤다는 사람을 여럿 보았고 사철탕을 하는 집도 늘어갔다. 그 후론 어디서든 뱀을 볼 때마다 무서운 파충류가 아니라고 주문을 외다시피 나는 마음을 다독였다. 더구나 사람에게 이로운 뱀이니 얼마나 고마운가. 마음은 그렇게 다짐을 하며 살았건만 요즘도 뱀을 보면 도망부터 치게 된다. 어쩔 수 없이 생김새에서 느끼는 감정이니 생각과 행동이 따로 인 것이다.

사람에게 좋은 일 하면서도 대접을 받지 못하는 뱀, 거기다 가장 낮은 곳에서 기어 다녀야 하니 생각할수록 가엽게 여겨진다. 하지만 기어가는 모습이 눈에 뜨이는 순간 소름이 돋고 무섭기만 하니 여전히 뱀은 뱀이다.

2014. 10.

그 길에 서 있다

　　등나무 아래서 친구들을 기다린다. 친구보다 비둘기 한 쌍이 먼저 날아온다. 서로 보고 몇 번 눈 맞추더니 앞서거니 뒤서거니 뒤뚱거리며 가랑잎을 헤집는다. 먹이를 찾는 모양이다. 뒤이어 참새들도 날아왔다. 비둘기 앞에서 겁도 없이 알짱거리다 앞지르는 참새의 모습이 마냥 귀엽다.

　이곳 아름다운 숲에 들어설 때면 언제나 마음이 설렌다. 잘 다듬어진 나무들, 수풀 사이로 하얗게 드러나 있는 오솔길, 비둘기색으로 단장한 서구식 건물의 본관이 오랜 역사를 말해주듯 예스럽다. 그 앞에는 회양목 몇 그루가 멋스럽게 서 있어 그 또한 내 눈길을 잡는다. 은행나무, 목련, 산수유, 라일락, 벚나무들이 가득한 교정은 나의 쉼터다.

　자석에 끌리듯 나는 이 아름다운 교정을 드나든다. 강의가 있는 날이나, 친구를 만날 때, 이 등나무 아래서 만남을 약속한다. 그리곤 습관처럼 일찍 나와 오솔길을 걷고 등나무 아래 앉아 계절을 음미한다. 봄이면 파랗게 올라오는 잎들과 꽃이 피어나는 생동감 넘치는 모습을 보는 기쁨이 있고, 여름은 짙은 녹음 속에 매미의 합창 소리를 들으며 합창하던 그 시절을 떠올리게 된다.

　D 평생교육원, 배움터가 있다는 생각만 해도 즐겁다. 교정이 아름다워 더 그랬다. 어려서부터 글을 쓴다는 생각만으로도 주눅이 들었던 나다. 받은 편지에 답장 한 번 쓰지 못했다. 이 교정을 드나들면서 다른 과목은 거의 섭렵하면서도

문학 과정은 멀리했다. 나를 잘 알고 있기 때문이었다.

그런 내가 수필 공부를 지금까지 하고 있다. 두려우면서도 친구를 따라 동인회에도 들게 되었고 어정쩡한 몇 년의 세월이 흘러 운현수필 창간호에도 이름을 올렸으니 얼마나 염치없는 사람인가. 아니 내게도 용기가 생긴 것이다. 그 동인지를 동생들에게 나누어 주던 날 웃음이 한꺼번에 터져 나왔다. "언니가 수필을 썼다며 우리 집안에 별일이 생겼다"고 떠들썩하니 웃어댔다. 문학에는 아예 소질이 없다는 말을 자주 하던 우리 형제들이었으니까 엉뚱한 일이 벌어졌다는 반응이었다.

동생들 생각과 다르지 않던 나였다. 내가 좋아하는 숲이 있어 다니다 보니 그렇게 되었다며 변명을 해도 동생들은 웃음을 참지 못한다. 동생들이 내 두려워 움츠러들던 그 마음을 어찌 알겠는가.

그 무렵 수필 특강 또한 나를 솔깃하게 했다. 첫마디가 시작해보라는 말이었다. 수필은 내 경험을 쓰는 글이니 끝까지 읽혀지는 글, 독자의 공감대를 형성하며 감동을 불러일으키는 글이면 좋다고 했다. 눈을 뗄 수 없을 만큼 재미있고 위트 있는 글이면 더욱 좋은 글이라고도 했다. 어렵게 생각하지 말고 우선 옛이야기를 말하는 것처럼 그려가며 써 보라고도 했다. 그 강의를 들으니 할아버지가 구수하게 엮어가던 이야기를 쫓아가보면 되지 않을까 실낱 같은 희망이 생겼다.

수필 강의는 내게 차츰 힘이 되었고 하고 싶은 욕구도 생겼다. 험한 산을 오를 때처럼 오르는 방법을 찾아낼 수 있으리란 믿음도 갖게 되었다. 시력이 좋지 않은 나는 책을 많이 읽을 수 없으니 강의를 열심히 듣고 새기리라 마음도 다졌다. 읽는 것만은 못하겠지만 눈 핑계를 대며 포기하는 것보다야 나은 생각 아니겠느냐며 자신을 위로했다. 또한 하다 보면 다른 방법도 찾아낼 수 있겠다 믿고 한 걸음씩 내디뎠다.

　젊었을 적, 라디오 연속극을 들으며 상상의 나래를 펴던 때도 떠올려보았다. 오히려 들으면서 내 생각을 더하니 재미있게 상상이 되었다. 책을 많이 못 읽는 대신 산으로 들로 다니며 자연을 느끼면서 마음에 심으리라. 누가 글을 읽을 때는 집중해서 들으면 될 것 같았다. 어느 방법이든 닥치는 대로 하자 마음을 다잡았다.

　어처구니없는 발상을 수없이 되풀이하면서 스스로 못마땅할 때도 있었지만 그것이 대수는 아니었다. 하지만 그런 상상이라도 해야 불안하지 않았다. 엉뚱한 생각일망정 꿰맞추며 지낸 세월이었다. 거기다 시샘이 많은 나는 지기 싫어하는 근성까지 지녔다. 어지간히 시달림에 휘둘리며 나를 지탱해 온 나날이었다.

　오랜 시간 한자리에 머무르다 보니 가는 길도 심심치 않다. 가장 두려워하던 곳에 가장 오래 머문다는 사실은 글을 쓰지 않고 못 견딜 마음이어서가 아니라 오랜 정 때문이었다. 살아가면서 무엇을 했느냐보다 누구를 만났느냐가 더 중요하다 여겼다. 또 같은 길을 걸으며 마음을 나눌 수 있는 친구는 세상에 그리 많지 않다는 사실도 깨닫게 되었다. 복잡하고 험난한 길을 많은 생각을 하며 참으로 잘 참고 견뎌냈다. 후회는 없다. 날마다 할 일이 있으니 얼마나 감사한 일인가. 오랜 시간 그 길에 서 있다는 사실 또한 나를 지탱하는 힘이 되고 있다.

2014. 5.

작품해설

박성숙의 수필 『바람의 무늬』 세계

앨리스 먼로의 〈행복한 그림자의 춤〉,

그 연장선에 놓인 내러티브와 긍정의 미학

권남희(사단법인 한국수필가협회 편집주간)

박성숙의 수필 『바람의 무늬』세계
앨리스 먼로의 <행복한 그림자의 춤>,
그 연장선에 놓인 내러티브narrative와 긍정의 미학

권남희(사단법인 한국수필가협회 편집주간)

고도의 긍정, 파랑의 힘

박성숙 수필가는 긍정적 수용과 행복 충만감으로 인생을 다듬고 조각해가는 형이다. 살아가는 일을 신이 준 천직으로 알기에 생명에 대한 긍정과 믿음은 절대적이다. 색깔로 표현한다면 고도의 적극성을 띤 파랑이다. 그 배경에는 시간과 공간을 초월한 영혼의 낙원이 있다. 그의 고향과 부모 형제들, 가족과 사업, 30년 넘게 덕성여대 평생교육원에서 합창과 수필 쓰기를 해오고 있는 시간들은, 서로 달라 보이지만 모두 하나의 묶음으로 보편적 삶을 추구한 민속 신화적 영역이기 때문이다.

헌신적으로 해오던 사업을 과감하게 접고 글 쓰는 일에 몰두하여 오로지 한 길을 걷고 있는 그에게서 80이 넘은 나이에 단편소설집으로 노벨문학상을 수상한 앨리스 먼로Alice Munro를 떠올린다. 먼로의 첫 단편집 『행복한 그림자의 춤』은 읽을수록 한편 한편이 사실이나 경험에 입각한 이야기, 내러티브narrative이기에 수필이라는 확신에 다다른다. 먼로가 태어나고 자란 캐나다 온타리오

주에서 경험한 것들이나 알고 있는 사실, 변천사를 관찰력과 삶에 대한 통찰력을 바탕으로 사진 찍듯이 묘사했기 때문이다. 물론 15년에 걸쳐 쓴 단편들은 스토리 내러티브에 가깝지만 그녀의 인터뷰 내용을 보면 형식에서 수필 쓰기라는 게 명확해진다.

> "작품을 쓸 때 특정한 형식을 취하진 않습니다. 그저 하나의 이야기를 할 뿐이지요. 그것도 누구에게나 어떤 일이 일어났는가를 풀어쓰는 방식으로요."
>
> ― 앨리스 먼로, 『행복한 그림자의 춤』에서

문학성 획득을 위한 수필 쓰기는 몇 가지 어려운 과제를 안고 있다. 소설적 골격을 갖고 시작하여 시적 형상화로 주제를 말하고 분량의 황금비율을 고려한 결미까지, 형식과 의미의 경계 언저리에서 묘한 거리감을 주기 때문이다.

박성숙 수필가는 늘 수필 쓰기에서 부족함을 고백하지만 사실 그의 글쓰기는 치열할 정도의 성실함과 실천력을 보인다. 밑도 끝도 없는 서정이나 꾸밈말은 한 시대가 지나면 사라지는데 박성숙 수필가의 꾸밈없는 표현은 유행을 넘어 무심한 언어구사력을 확보하고 있다. 어떤 무리수도 두지 않는 고수의 쓰기다.

글쓰기에서 표현력의 중심인 언어에 대한 결핍감과 매너리즘은 작가라면 누구나 겪는 일이라고 생각한다. 언어 문제가 중심 과제였던 철학자 모리스 메를로 퐁티Maurice Merleau Ponty도 『보이는 것과 보이지 않는 것』에서 다음과 같이 말했다. "원래 언어는 어떤 자극에 대해 일정한 법칙 아래 기계적으로 환기되는 것이거나, 우리의 개념과 인식을 다른 사람들에게 전달하기 위한 외적 표식으로 해석되어 왔다. 말한다는 행위 자체에는 이미 '내재된 의미'가 있으며, 윗

부분에 떠오르는 일종의 '윗물'이 말의 개념적 의미가 된다고 생각하고 언어를 '말해진 언어parole parlée'가 아닌, 오히려 '말하는 언어parole parlante'로 보아야 한다." 곧, 물리적인 소리인 '말' 속에는 포함되어 있지 않은 의미를 '말한다는 행위' 속에서 생성해 내는 것이 바로 언어라는 것이다. 마찬가지로 박성숙 수필가는 내재된 소리를 언어로 그리기 위해 그의 일상에서 수많은 내러티브를 찾아내어 관찰하고 있다. 자신이 만나고 대하는 모든 사람들, 상황들, 사물에 신성을 불어넣고 삶의 의미를 부여하고 깨달음을 얻어낸다.

'공기를 그리고 싶다'고 한 채 '보이는 것을 넘어선, 색을 넘어선 그리기'를 시도하느라 인생 후반기를 고뇌하며 지냈던 프랑스 화가 세잔처럼 박성숙 수필가도 수필 쓰기에 몰입하다 보니 글쓰기를 '머릿골 아픈 친구'라고 비유하기도 했다. 친구라 생각해서 다행이지 않은가. 세잔은 자신의 주인이 그가 아니라 작업이었으며, 작업이 그를 주인처럼 부리고 그를 끌고 다녔다고 밝혔다. 세잔은 10여 년간 날마다, 몇 시간이고 앉아 생빅투아르 산을 바라보았다. 그가 그린 생빅투아르 산 그림만 80점이 넘는다.

박성숙의 작품에 등장하는 〈눈비산〉은 세잔의 〈생빅투아르 산〉처럼 그에게 커다란 영향을 준 산이다. 사계절 함께하며 어릴 적부터 그를 키워준 큰 바위 얼굴이었던 셈이다. 눈비산과 고향에 얽힌 삶은 두고두고 그려내야 할 숙제로 남아있다.

'이 마을을 왜 떠나셨습니까?' [...] 멀리 마주 보이는 눈비산도 아름답고, 노후를 보내기에 알맞은 곳이라 여겨졌다며 이 좋은 집터를 넘겨준 주인을 보고 싶었다는 것이다. [...] 어릴 적 미술 숙제로 그림을 그릴 때 눈비산을

배경으로 그릴만큼 우리 집 마루에서 바라보는 경치를 좋아했다. [...] 외아
들인 아버지를 결혼시키면서 지은 집이었다. 할아버지가 살아계셔 마룻대
를 보고 또 새겨진 글씨를 보셨다면 그 마음이 어떠셨을까.

– 「눈비산」 중에서

박성숙 수필가는 이제 스치는 바람도 그냥 지나치지 않고 경이롭게 바라보며
이야기를 만들고 생명을 준다. 문학의 형태 안에서, 자기 동일적 사건이나 사물
에 이름을 붙이고 의미를 붙여 행복한 인생으로 환생시킨다. 자신이 가족을 위
해 즐겁게 드레스 사업을 했던 경험이 차를 손봐주러 들른 어린 자동차 정비공
이나 잠깐 형님의 자동차 수리 가게에서 일을 봐준 남편의 모습으로 투영되는
것이다. 그 시선들은 작가 자신을 넘어 수필 작품에서 아름다운 유토피아를 이
루어주고 있다. 시공간을 넘어선 개인사의 그러한 만남의 조각들은 조합을 이루
어 '삶은 그렇게 서로를 돕고 힘을 주면서 살아가는 거야' 합창을 한다. 작가가
늘 추구하는 인생에 대한 마음의 소리가 글로써 따뜻하게 살아나고 있다.

...남편은 고등학교 다닐 때부터 차 수리를 하게 되었다. 큰 형님댁이 차 수
리공장을 시작한터라 하기 싫어도 기술을 배워야 했다. [...] 아버지는 돌아
가시고 큰 형님이 학비와 하숙비를 마련해주고 있었으니 온 정성으로 공장
일을 도우며 고마움을 표했다는 것이다. [...] 나 또한 오늘 우리차를 수리해
주고간 능숙한 솜씨의 그 어린 정비공을 잊을 수 없을 것 같다. 요즘처럼 힘
든 일은 하지 않으려는 세상에서 좋은 기술을 일찌감치 배웠으니 누구보다
도 앞날이 보장되어 대성하리라 여겨진다.

– 「소년 정비공」 중에서

「뱀은 뱀이다」의 인생관

박성숙 수필가는 소망을 이루고자 강한 실천력을 발휘한다. 머뭇거리거나 따지지 않는다. 어렸을 때부터 할아버지와 함께 가정 살림을 꾸려나가면서 강단이 생겨 자신이 무엇을 원하고 무엇을 위해 걸어가야 하는지 판단력이 정확하다. 어린 동생들을 보살피느라 일을 했고, 결혼한 후에도 사업을 하며 가정을 위해 몸을 사리지 않았다. 후배의 제안으로 드레스 사업체를 더 확장하여 이끌어갈 계기도 있었지만 자신의 꿈을 위해 과감하게 접는다. 그리고 도전장을 던진 곳이 정체성을 확인받기 위해 선택한 평생학교다. 우유부단하지 않고 결단력 있는 그의 다부진 성격을 알 수 있다.

> …편지조차 쓰지 못하는 내가 그곳에서 무엇을 한단 말인가. 말을 막 배우는 아기처럼 한 단어, 한 줄도 이어갈 수가 없는 나였다. [...] 유학 간 딸에게 편지를 쓰기 위해 찾았지만 역시 포기할 수밖에 없었다. [...] 월요일마다 가야되나 말아야되나 망설이고 있을 때 영락없이 밖에서 그는 문을 두드렸다. [...] 피천득의 「오월」, 「은전 한 닢」 송욱, 유성룡의 「아들에게 주는 글」, 윤오영의 「곶감」, 「수필」을 읽게 되면서 차츰 마음의 변화가 왔다.
>
> – 「떠나지 못하는 이유」 중에서

굴곡진 인생이나 사건을 과장된 감정으로 내세우지 않는 박성숙 수필에서 가장 큰 반전이 도사리고 있는 글이 「뱀은 뱀이다」이다. 상처도 말하지 않고 원망도 오로지 '보이는 것을 통해 보이지 않는 것을 깨닫게 만드는' 그는 이 작품에서 역전 홈런을 친다. 그의 성품과 제목이 일치한다. 어떤 상황을 만나도 부정적으로 대응하거나 화를 내거나 현실도피를 하지 않고 긍정적으로 열심히 적

응하여 헤쳐 나갔던 그는 '인생은 인생이다'를 뱀을 통해 말하고 있다. 어쩌다 뱀이 마을 사람들에게 에너지를 주었다 해도, 어쨌든 뱀은 어둡고 신비스럽고 요물스러운 대상이다. 앞날을 알 수 없다 하더라도 조심스럽게, 최선을 다해 살아가는 일에서 주관도 생기는 것이다. 사막에 떨어져도 노래를 하며 나무를 심고 꽃을 가꿀 수 있는 박성숙 수필가의 생각을 알 수 있는 작품이다.

> 시골은 타작을 하는 날이면 이른 새벽부터 분주했다. 어머니가 큰 가마솥에 된장을 풀고 있으면 나는 불을 때야 했다. 국솥에 된장물이 펄펄 끓고 있을 때 장독대에 두고 있던 광주리의 아욱도 가져다 쏟아붓고 [...] 그런데 그날은 먹는 이마다 아욱국이 맛이 있다며 병환으로 누워계시는 시아버님께 드리고 싶다며 얻어가는 이가 있는가 하면 아이들도 데려와 먹이면서 모두들 국 맛을 칭찬했다. [...] 가마솥 바닥에 큰 뼈가 구부러진 채 하얗게 드러나 있었다. [...] 한참을 들여다보던 할아버지는 '저토록 큰 뱀이 아욱국을 맛나게 한 진범이구나'하며 껄껄 웃으셨다.
>
> – 「뱀은 뱀이다」 중에서

늘 노래를 흥얼거리고 다니는 박성숙 수필가. 음악 체험은 뇌를 변화시킨다는 설처럼 그는 다니는 길목마다 행복의 씨앗을 뿌리고 있다. '이 중에 제일은 글쓰기이니라'를 노래하는 그에게서 늘 떠오르는 해를 연상한다. 결코 포기하지 않는 꿈은 날마다 떠오르는 해가 되는 것이다. 작가에게는 아픈 기억도 있다. 딸의 음악적 재능을 키워주며 뒷바라지를 했지만 어떤 계기로 그만 꿈을 접어야 했기 때문이다. 모어母語나 다름없던 음악을 포기하는 것이 작가에게 더 어려웠을 것 같다.

작가는 독자에게 언어를 통해 우리의 사고가 전이되거나 완성된다는 체험적 사실과 모순되는 것도 보여줄 수 있다. 한정된 언어는 한정된 사고방식에 머물게 한다. 언어로 자신의 경험을 보여주고 언어로 미래 세계의 완성도를 높일 수는 없다. 언어 이외의 다른 활동을 습관적으로 해내다보면 상대적으로 '머물렀던 그 세계'에서 벗어나도록 깨우쳐줄 수는 있다. 글쓰기뿐만 아니라 합창단 활동을 하면서 이루어진 내적 세계는 언어를 뛰어넘는 천상의 것들로 가득 차 있다. 노래가 있어 글쓰기도 늘 최선을 다해 본질적이고 진정성 있는 사고의 경지에 다다를 수 있다고 본다. 박성숙 수필가는 그의 작품을 통해 인생에서 부재하는 것들을 모두 존재하는 생명체로 만들어버리는 힘을 갖고 있다.

평생교육원 합창반에서 만난 우리들. 여행도 많이 다녔고 합창연습으로 합숙도 하며 지냈으니 그 친밀함이 남다르다. 합창을 그만둔 지 몇 해가 되었지만 늘 함께했던 시절이 그리워 만나고 있다. 그렇게 30년 동안 길들여진 우리들은 지금도 만나면 노래로 시간을 보낸다. 들녘이나 숲속이 우리들이 만나 노래 부르는 곳이 된다. 아무도 없는 곳에서 마음껏 노래를 부르고 싶고 날이 저물어 캄캄해야 헤어질 마음이 생긴다. 우리들은 다시 노래할 곳을 찾아 나선다.

－「아름다운 끈」 중에서

부재의 미덕

박성숙 수필가는 어머니에게서 좋은 어머니상을 배우고 따뜻한 품성을 물려받았다. 어머니는 어떻게 해야 하는지를 어머니 곁에서 맏딸로 모든 일을 거들며 착실하게 배워나갔다. 신화에 나타나는 대부분의 여신들은 질투의 여신 헤라를 제외하고 모두 생명을 다루는 일을 맡았는데 작가의 어머니도 생명을 관장하는 여신이 되어 어린 목숨을 따뜻하게 품고 보호해주고 양육하며 성장시켰다. 전쟁을 하고 나라를 지키는 영웅 역할이 전부인 남신들 영역에 없는 일을 해내는 여성성은 인간이 살아가는 데 꼭 필요한 자양분이며 사회와 한 국가의 주춧돌이다. 핵가족도 무너지는 세상, 가족해체가 일어나 독신 가구가 늘어나는 현대 사회. 세상이 아플수록 주목해야 할 키워드는 어머니이다.

> 엄마가 17살에 시집을 와서 보니 9살 시누이가 살림을 하고 있었다. [...] 학교를 갈 나이가 지났는데 불쌍해서 견딜 수가 없었다. [...] 날마다 저녁을 일찍 해 먹고 한글을 가르쳤다. [...] 며칠을 생각한 끝에 시누이를 데리고 학교를 찾아갔다. [...] 그 후 졸업할 때까지 1등을 놓치지 않았다고 엄마는 늘 자랑이었다. [...] 내가 가장 좋아하는 고모가 시집을 갔고 아들을 낳아 기르며 행복하게 살았다. 친정에 올 때면 꽃무늬 보자기에 일기장을 싸 가지고 와 엄마에게 보여주며 '모두가 언니 덕분이라'고 눈물을 흘리곤 했다. [...] 육이오 전쟁이 나던 해 고모부가 한밤중에 불려 나간 후 영 돌아오지 않았다. [...] 고모의 나이 29살 다시 올 수 없는 길로 떠났고 엄마는 세상을 다 잃은 듯 고모의 보따리를 끌어안고 울었다.
>
> – 「꽃무늬 보자기」 중에서

박성숙 수필가에게 할아버지는 인생 학교였고 무엇인가 깨닫게 하는 종교였다. 집안의, 그리고 한 마을의 대들보인 할아버지를 통해 살아가는 일과 삶의 지혜를 터득하고 큰 사랑을 배웠다. 이러한 영적 특징과 총명함이 자라면서 알게 모르게 배어든 덕분에 박성숙 수필가는 이제 수필을 통해 언어적 덕담을 독자에게 선물하는 것이다. 할아버지는 우리 시대의 책임감 강한 가부장제의 마지막 아버지상이라고 생각한다. 그러기에 돌아오지 않는, 도달할 수 없는, 한 시대를 풍미했던 낙원의 얼굴이다. 힘들어도 할아버지가 있어 든든하고 고향의 산처럼 그렇게 작가의 마음속에 전설로 남아 집안을 지켜준 존재, 할아버지. 눈물은 만날 수 없는 그 시간의 아픔을 닦아주고 할아버지에 대한 존경과 사랑을 확인하며 또 다른 사랑의 얼굴을 그려낸다. 누군가를 그리며 눈물 흘릴 수 있는 이는 행복한 사람이다.

> 사진첩만큼 큰 사진이었다. 나는 눈물을 닦아내고 또 닦아내며 어렸을 적처럼 할아버지 얼굴을 만져보고 수염도 쓰다듬는다. [...] 학교를 다닐 때 할아버지는 비가 오는 날이나 겨울이면 언제나 개울을 건너 주막거리까지 나와 기다리셨다. [...] 할아버지는 동네 아이들에게도 사랑이 남다르셨다. 아이들이 가지고 놀 장난감이 없었으니 늘 소의 등을 쓸어 그 털을 모아 공을 만들어주셨다. 하지만 놀다가 보면 어느새 찌그러져버리니 할아버지는 종이를 불려 동그랗게 주물러 또 다른 공을 만들기 시작했다. [...] 마당 끝에다 공이 들어갈 구멍을 만들었다. [...] 아이들이 그 놀이를 좋아하니까 할아버지는 마당을 더 평평하게 만들었다. 또 마을 아이들 모두가 즐길 수 있도록 구멍과 공을 더 만들며 심판까지 맡아 승부를 가려 주기도 했다.
>
> – 「사진 속 할아버지」 중에서 –

롤랑 바르트는 사실주의적 글쓰기를 모파상, 졸라, 알퐁스 도데 문학의 형식적 기호들-단순과거, 간접화법, 약간의 리듬과 사실주의적 기호들의 결합체-로 문체가 없다고 했다. 문체가 없다는 것은 상투성을 경계하라는 지적일 수도 있다. 하지만 문체가 자칫 하나의 스타일로 굳어지는 것도 위험하다. 그에 반해 카뮈 등에 의해 창안된 중립적 글쓰기는 신선했다. 또한, 우리나라 국어 교과서에 소개되어 수필 쓰기의 전형이 된 피천득의 「붓 가는 대로」의 스타일 역시 많은 논쟁을 일으켰지만 자유로운 문체에서는 적확한 표현일 수도 있다. 욕심부리지 않고 담담한 채 물 흐르는 듯 보이는 박성숙 수필에서 피천득의 스타일과 카뮈의 중립적 태도를 발견한다. 굳이 문체라고 한다면 바람이고 바다를 향해 흘러가는 강물이다. 모든 흘러가는 강물이 바다에 안기듯 인생의 어지간한 모순과 갈등을 끌어안고 감정적 진실을 담아 글 쓰고 노래하는 박성숙 수필가의 천성인 사랑의 바다를 본다. 사랑은 오류를 감싸 안고 직관을 키워주기도 한다. 그의 작품을 다 읽고 나면 세례를 받은 듯 마음은 홀가분해지고 머리는 명징해질 것이다.

 박성숙 수필가의 세 번째 수필집 『바람의 무늬』 출간을 축하드립니다.

바 람 의   무 늬

바람의 무늬

박성숙 수필집

한국수필가협회